아빠가 된 어린왕자

아빠가 된 어린왕자

2024년 12월 30일 초판 1쇄 발행

지은이 이대윤

펴낸곳 읽고쓰기연구소
도서문의 02-6378-0020
팩스 02-6378-0011
출판등록 제2021-0000169호
주소 서울시 마포구 동교로 136 서강빌딩 202호
이메일 editor93@naver.com writerlee75@gmail.com
블로그 blog.naver.com/editor93

ISBN 979-11-988726-2-3 (03810)

- 값은 뒤표지에 있습니다.
- 이 도서는 2024년 문화체육관광부의 '중소출판사 성장부문 제작 지원' 사업의 지원을 받아 제작되었습니다.

아빠가 된 어린왕자

이대윤 선생님의
독박육아 유니버스

이대윤 지음

부모라는 이름의 동지들에게

저는 인생 최대의 위기를 육아와 함께 겪었습니다. 이런 엄청난 위기일 거라고는 예상하지 못했습니다. 자신도 있었고, 나름 기다려지기도 했습니다. 그렇게 자신만만하게 시작했던 육아 제 밑바닥을 다 드러냈습니다. 누구에게나 육아는 특별한 경험이지만 저의 육아는 삼박자를 갖춘 특별함이었습니다.

첫째, 코로나. 아이를 데리고 맘 편히 다닐 수도 그렇다고 아이를 어디에 쉽게 맡길 수도 없었습니다. 근처에 확진자가 다수 발생하기도 하는 날에는 평소 하던 산책마저 꺼려지는 암울한 시절이었죠. 둘째, 아내의 갑작스런 둘째 임신. 아들 하나로도 벅찼는데 아내와 배 속의 아이까지 살펴야 하는 상황이었습니다. 셋째, 부모님의 나이. 더 일찍 결혼하고 더 빨리 아이를 낳았다면 이 모든 것에 도움을 주셨을 텐데 이웃집 아이들은 다 봐주시고 정작 본인 손자는 못 돌봐주실 정도로 체력이 떨어지셨습니다. 안타깝게도 저는 이 삼박자를 갖춘 진정한 독박육아를 경험하게 되었습니다.

저도 모르게 휘갈겨놓은 육아 관련 글들을 모아 보니 지금껏 써온 다른 글들에 비해 분량이 짧았습니다. 글을 길게 쓸 시간이 없었던 거죠. 아기 낮잠 재우고 저도 자야 할 시간을 쪼개 틈틈이 쓴 것입니다. 아이랑 외출 중에 글감이 휙 지나가면 미친 듯이 메모해 두었고, 때론 아이 깨기 전 새벽에 쓰기도 했습니다. 처절한 육아 현장에서 쥐어짜진 즙 같은 글들을 다듬을 새도 없었습니다. 날것 그대로 그 순간의 감정을 쏟아낸 것이지만 부디 이 글이 저와 같은 과정을 겪은, 겪고 있는, 앞으로 겪을 육아 동지 분들과 공감하는 다리가 되고 위로의 메신저가 되었으면 좋겠다는 마음으로 이 글들을 묶었습니다.

특히 남편들이 꼭 읽어주었으면 좋겠습니다. 어쩌면 저도 평생 공감하지 못했을 아내의 마음을 체화하며 남긴 글들이기에 이런 경험을 해보지 못한 남편들에게 간접경험의 기회가 되길 바랍니다.

남자들은 군대 이야기를 자주 하지요. 그 시기가 가장 힘든 시기였기에, 그때를 생각하면 못할 일이 없을 것 같습니다. 가끔씩 군대 가는 꿈에서 깨어날 때면 일단 안도의 한숨부터 내쉬게 되지 않나요? 그다음은 현재의 내 삶에 한없는 감사와 기쁨을 느끼게 됩니다. 저의 독박육아는 군대와 비교할 수 없는 개인적인 경험이지만 이 시기를 오롯이 견뎌낸 선배 부모들에게는 '그땐 그랬었지' 하는 아련한 추억을 선사해줄 수 있는 이야기라고 생각합니다. 더불어 현재를 살아가는 감사와 기쁨을 안겨줄 수 있으면 좋겠습니다.

여기 기록한 시간들은 제 인생 최대 위기의 시간이었습니다. 하지만 이제는 그리움의 시간이기도 합니다. 아이와 오롯이 함께 할 수 있었다는 점 때문입니다. 어쩌면 평생 공감하지 못했을 아내의 마음과 우리 부모님의 마음을 조금이나마 이해할 수 있게 되었다는 점에서도 소중한 시간이었습니다. 주 양육자의 입장을 경험한 제 이야기가 모쪼록 코로나 시대를 건너온 부모들에게 작은 위로가 되었으면 좋겠습니다.

"삶은 늘 중요한 쪽에 힘을 실어준다. 그 무게가 많은 것을 포기하게 만들더라도 이 아이들보다 더 중요한 건 없을 것 같았다. 그렇게 우린 부모가 됐다."

— 드라마 〈18어게인〉에서

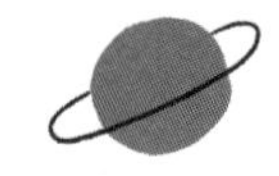

3장 그렇게 아버지가 되어간다

4장 다시 사회인이 되어

1장 독박육아가 시작되었습니다

하루 일과를 마무리하며.

빵빵하게 쌓여 있는 이 기저귀들은

내 하루의 훈장과도 같다.

아빠 육아라는 별에서

2020년. 참 잊지 못할 한 해였다. 지구에 사는 사람이라면 누구나 공감할 사실이다. 전 세계가 함께 경험한 이런 사건이 인류 역사상 또 있었을까? 코로나가 우리의 삶에 미치는 파급력은 대단했다.

나는 그해를 내 인생의 또 다른 시작의 해로 삼았다. 시·도 교육청별로 다르긴 하지만, 그해까지만 해도 내가 사는 지역에 '학습연구년'이라는 제도가 있었다. 교사로 사는 동안 딱 한 번 도전해볼 수 있는 제도다. 일 년의 시간이 주어진다면 해보고 싶은 일도 많았고, 연구해보고 싶은 주제도 있었다. 감사하게도 나에게 그 일 년이 허락되었다.

하지만 그 기쁨도 잠시뿐이었다. 그해 2월에 '코로나' 사태가 터지고 만 것이다. 학습연구년으로 허락된 시간이 나를 가두는 시간이 될 거라고는 생각지도 못했다. 계획했던 일은 시작도 해보지 못하고, 집안에 꼼짝없이 갇힌 신세가 된 나는 타의적으로 육아에 집중하게 되었다. 물론 언젠간 나도 육아휴직을 할 거라고 아내와 약속했었다. 하지만 이리 빠르게는 아니었다.

집에 갇힌 채 개인 연구와 육아를 동시에 감당하다가 점차 육아에 마음과 시간이 더 머물게 되었다. 그때 만난 육아 동지들은 저마다 다른 이유로 육아휴직 중이었다. 한 후배 교사는 그해에 막 시작된

아빠 육아(두 번째 육아휴직자) 보너스를 이용했다. 한달에 약 100만 원 정도의 금액을 석 달간 주는 새로운 제도다. 어떤 후배는 암에 걸린 가족을 돕기 위해, 또 다른 어떤 이는 직장 생활의 힘듦 때문에 육아휴직을 쓰기도 했다. 본인의 건강 문제로 모든 것을 멈춘 뒤 아예 제주도로 이주했다는 분도 있다. 이처럼 자발적이고 독립적인 이유를 띤 다양한 사유의 휴직이 주변에서 점점 늘고 있는 게 눈에 보인다. 이유는 저마다 다르지만 자의 반 타의 반 시작된 남편들의 육아휴직은 분명 무엇인가를 남겼다. 지금까지는 잘 못 느꼈던 상처나 아픔, 공감이라는 이름의 새로운 감각들을 마음에 심어주었고, 지금까지와는 다른 삶의 형태로 전환할 기회를 만들어주기도 했다. 어쨌든 아이를 돌본다는 상황이 다른 모든 것을 제치고 가장 가치 있는 사유로 인정되는 사회가 되기를 꿈꿔본다.

지금은 아련한 추억이 되어버린 그 시간 속에서 매우 개인적인 경험을 아주 디테일하게 남긴 이 기록이 읽는 이들에게 어떤 의미로 다가갈지 모르겠다. 추억의 소환이거나 고통에의 공감이거나 다른 무엇이든, 함께할 공감대를 찾게 된다면 나로서는 매우 기쁠 것이다.

엄마! 가끔은 나보단 아빠의 하루를 물어봐 주세요.

어린이집

'어린이집을 언제부터 보내야 할까요?'

어떤 부모는 아이를 일찌감치 남의 손에 맡겨야 하는 상황에 놓이기도 하고, 또 어떤 부모는 남의 손의 맡기는 용기를 내기가 어려워 직접 보살피기도 한다. 처음 생각은 때 되면 당연히 어린이집에 보내는 것이었지만 막상 닥쳐서는 차마 아이를 떼놓지 못해 쩔쩔 매는 경우도 있다. 자기 마음조차 자기 마음대로 안 된다. 어쨌든 우리는 선택의 시간에 놓이게 된다. 언젠가는 내 손을 떠나 다른 이의 손에 맡겨질 때가 온다. 보통은 어린이집 보내는 시기를 18개월 때라고 하더라. 우리 아이는 이제 18개월이 됐으니 보통만큼은 키워낸 것 같다.

얼마 전 아내에게 온갖 불만을 늘어놓았다. 아이를 자주 맡아주시지 않는 양가 부모님에서 시작해서, 가까운 지인, 그리고 앞에 있는 아내까지 전부 한 번씩은 원망했었다. 가만히 듣던 아내가 한마디 건넨다.

"그냥 어린이집을 보내면 되지. 왜 자기 힘든 원인을 다른 데서 찾아?"

'애 엄마 맞냐?' 하지만 가만히 생각해보니 맞다. 작금의 힘든 여정은 결국 내가 스스로 선택한 결과다. 아이를 어린이집에 보내면 모든 것이 해결된다. 나도 쉴 수 있고, 그러면 내 몸과 마음도 회복될 것이다. 그런데 그걸 알지만, 그럴 용기는 없다. 물론 아들이 계란이랑 우유 알레르기가 심하다는 핑곗거리는 있다. 하지만 무엇보다 엄두가 안 난다. 사촌 형님네 형수님이 해주신 말씀이 생각난다. "첫째는 2년 넘게 내가 키웠는데, 둘째는 8개월 때 어린이집에 보냈어. 근데 괜찮아. 그냥 일찍 보내도 괜찮아."

좀 일찍 보내건 내가 더 키워서 보내건, 지나고 나서 보면 얼마나 큰 차이가 있으랴마는, 나는 아직 그 마음을 내려놓지 못하고 있다. 놓시 못하는 그 마음은 부모의 집착일까, 사랑일까? 물론 나도 확신한다. 둘째 땐 이렇게 무식하게 오랫동안 맨땅에 헤딩하지는 않을 거라고. 아마 일 년만에 바로 맡길 것 같다고.

'어린이집을 언제부터 보내야 할까요?'

나는 오늘도 이 질문에 고뇌한다.

동반자

아이가 밥을 잘 먹지 않으면
나도 입맛이 없다.

아이가 잠을 잘 자지 못한다.
나도 잠 못 이룬다.

나와 아이의 의식의 고리가
연결되어 있나 보다.

아이가 기분이 좋지 않으면
나도 기분이 안 좋다.

아이의 짜증을 많이 낸다.
나도 덩달아 짜증이 난다.

우리는
감정의 고리로 연결되어 있음이 분명하다.

아이가 컨디션이 좋지 않다.
내 컨디션도 좋지 못하다.

아이가 잘 논다.
나도 덩달아 신난다.

너와 나
우리는
희로애락의 연결고리로 묶인
인생의 동반자인가 보다.

외출 준비

인생의 여정 어디쯤을 지나고 있는가에 따라 외출을 준비하는 모습도 매우 다른 양상을 보인다. 아주 어린 시절에는 '친구야, 놀자'라는 친구의 부름 소리를 들으면 몇 초의 머뭇거림도 없이 문을 박차고 나가 놀았다. 그 시절의 친구와는 어떤 허울도 필요치 않았다. 하지만 시간이 지날수록 우리는 외출을 위해 시간을 필요로 하게 된다. 여자에겐 조금 더 많이 필요하다. 그 여자가 엄마가 되면 또 다른 양상을 낳는다. 자신을 위한 치장보다도, 아이의 생존을 위한 준비에 더 많은 시간이 필요하다.

시간뿐만이 아니다. 들고 나가야 하는 가방의 무게와 부피도 이전과는 차원이 다르다. 예전에는 나를 돋보이기 위한 가방을 들었다면, 이제는 아이의 생존을 위해 가방을 들어야 한다. 아이의 생리적인 현상을 위한 기저귀와 물티슈부터, 아이의 의식을 위한 여벌옷과 간식거리, 물통, 코로나 시대를 살아가는 데 필수품인 마스크와 손 세정제까지 꽉꽉 채워 넣어야 한다.

3시에 외출하고자 계획하고는, 3시에 문밖을 나서본 적이 없었다. 예전엔 그 이유가 아내의 '준비성 부족'인 것처럼 생각했던 적이 있다. 하지만 이제는 내가 그 모든 준비를 맡고 있다. 부모님의 연락을 받고 나가기로 한 시간이 한참이나 지났다. 아이가 감기 걸리지 않게 옷을 단단히 입혔다. 양말과 목수건도 둘렀다. 나가려던 차에, 아이 모자가 생각이 난다. 그렇게 모자를 씌운다. 보채는 아이를 내려 두고, 아이 짐 가방을 싼다. 아이는 울고 정신은 하나도 없다. 어찌저찌 모든 짐을 다 싸서 아이를 안고 문밖을 나가려는데, 응가 냄새가 난다. 옷 벗기고 기저귀 해체, 엉덩이 씻기고, 다시 이전의 일을 반복한다. 다시 외출 가방 메고, 아들 들쳐 매고 현관을 나서는 순간, 차키를 깜빡했다는 사실을 깨닫는다. 차키를 가지러 집으로 들어간다. '이젠 정말 끝났겠지.' 현관문을 열고 엘리베이터 앞에 서는 순간 핸드폰이 생각이 난다. 이 과정을 여러번 반복해도 막상 외출을 하고 나면 빠뜨린 게 꼭 있다. 이제 주변인들은 약속에 늦는 나를 이해해준다.

화장을 열심히 하던 아기 엄마도, 예쁜 옷을 입고 머리에 잔뜩 힘을 주며 심지어 어떤 양말과 신발을 신을 것인지까지 고민하던 아기 아빠도, 이제는 그 모든 허울들은 포기한 지 오래다. 우리는 그저 마스크 하나 걸칠 수 있는 정신만 챙기면 된다.

낮잠

아이가 낮잠을 잔다. 정신없던 하루의 일상에 놀라운 평화가 찾아온다. 피곤하다. 아이 옆에 잠깐 눈을 붙이고 싶다. 그런데 배가 고프다. 배고프다. 맛있는 점심을 먹고 싶다. 그런데 집이 난장판이다. 책도 읽고 싶다. 티브이도 보고 싶다. 점심도 먹어야 하고, 집도 정리해야 한다.

저마다 중요하게 생각하는 가치가 다르다는 것이 이때 증명이 된다. 나는 먼저 집 안을 정리한다. 정리가 안 되어 있으면 밥을 먹어도 먹는 게 아니고, 쉬어도 쉬는 게 아니다. 어느 정도 정리가 되면 밥을 먹는다. 밥 먹는 시간도 아까워 티브이 보면서 밥을 먹는다. 설거지까지 마무리하고, 그때까지도 아이가 자고 있으면 치열하게 글 쓰고 읽는다. 아이의 낮잠시간은 그렇게 순식간에 흘러가고 만다.

가끔은 이 가치의 우선순위에 변화가 찾아오기도 한다. 고민이 든다. '이거 할까 저거 할까?' 그렇게 고민만 하는 사이, 나는 아무것도 하지 못하고 허무하게 아이가 깰 때도 있다. 그럴 때면 가슴이 철렁 내려앉는 것 같다. 어쨌든 분명한 것은, 우리의 컨디션은 아이의 잠시간에 달려있다는 것이다.

육아에서 낮잠은 정말정말 정말정말 중요하다. 낮잠의 양은 아이의 성장에도 매우 중요한 영향을 미칠 뿐만 아니라, 양육자의 건강과도 상관관계가 매우 밀접하다. 또한 우리의 외출도 아이의 낮잠 시간에 상당한 영향을 받는다.

오늘은 아이를 데리고 시골 부모님 댁에 다녀왔다. 물론 오늘의 일정도 아이의 낮잠 시간에 철저하게 맞춰서 나왔다. 나이가 드신 부모님의 체력도 고려하여 한 시간가량을 시골에서 머물기로 계획을 짰고, 아이의 점심과 낮잠 시간 전에 집에 도착하는 것으로 일정을 짜 낮추었다. 이렇게 하지 않으면 지난번처럼 아이는 돌아오는 차에서 잠이 들어버릴 것이고, 그렇게 되면 차에서 잔 그 이삼십 분의 잠이 오늘의 낮잠이 될 가능성이 크기 때문이다.

결론은 아이가 자야 하는 시간인 12시 전에 집에 도착해야 한다는 것이다. 11시 30분에는 시골집에서 출발해야겠다고 다짐했다. 하지만 손자를 좋아하는 부모님 때문에 십 분 정도를 늦게 출발했다. 차에서 나는 조마조마했다. 역시나 내 예상이 틀리지가 않았다. 집에 도착하기 십 분을 앞두고 아이가 잠에 취하기 시작한다. 고민이 된다. 자는 아이를 그냥 안고 집으로 올라갈지, 아니면 그냥 어디 경치 좋은 곳에 차를 주차하고 아이와 함께 쉬어야 할지, 그 짧은 시간에 고민하고 또 고민했다.

고민의 결과는 그냥 차에서 자게 하자는 거였다. 왠지 집으로 안고 올라가는 길에 아이가 깰 것 같았다. 실제로 그런 경험도 있고 해서, 차라리 차에서 재우고 차에서 쉬자는 쪽으로 결정을 내려 본다. 마침 비도 분위기 있게 내려준다. 경치가 좋은 곳에 차를 정차하고 아이 카시트가 있는 뒷자리에 앉았다. 모든 불을 끄고, 가방에 있는 커피를 꺼내본다. 가방에서 책도 한 권 꺼냈다. 잔잔한 재즈 음악까지 들으니 차 안은 순식간에 카페로 돌변한다. 아이의 숨소리, 차 보닛에 떨어지는 빗소리, 재즈 음악소리, 진한 커피의 향까지 모든 것이 완벽했다.

이 순간을 그냥 흘려보낼 수 없어 동영상을 찍고, 인스타에 자랑질까지 마쳤다. 자, 이제 다리를 뻗고 책을 읽기 시작한다. 덜도 말고 더도 말고 딱 한 시간만 자주면 좋겠다. 평소처럼 두 시간까지 자는 건 바라지도 않았다. 딱 한 시간만 자기를 바랐다.

하지만 아이는 내 기대를 산산조각 냈다. 내가 책을 펴자마자 깨버린 것이다. 모른 체하고 계속 책을 읽자 아이는 심하게 울기 시작한다. 결국 읽던 책과 커피는 가방에, 듣던 재즈 음악은 동요로 바꾸었다. 내리던 소나기는 그치고 해가 떠올랐다. 아이를 데리고 집으로 왔다. 다시 재우려고 갖은 방법을 다 동원했으나, 나는 실패했다. 이날 나는 내 체력의 바닥을 경험했다.

그동안 여러 곳에서 다양한 방법으로 낮잠을 재웠다. 카시트, 할머니 등, 커피숍의 아기의자, 유모차, 낯선 이의 품, 아빠의 직장. 하지만 이 모든 장소에선 어김없이 실패를 경험했다. 섣불리 시도했다가 낭패를 본 곳들이다.

아이의 낮잠은 체력만 회복시키는 것이 아니다. 아이가 잠든 사이, 아이를 향한 내 사랑의 마음도 충전된다. 오전의 육아가 아무리 힘든 여정이었어도, 잠든 아이의 모습을 보며 부모는 재충전이 된다. 만약 낮잠이 없다면 아이를 변함없이 사랑할 수 있었을까? 상상하기도 싫다.

주말에 아들 낮잠 재우는 게 육아에서 가장 중요한 업무다. 아들이 낮잠을 어떻게 자느냐에 따라 우리의 주말이 달라진다. 어린이집에서는 12시 30분에서 3시까지 잘 잔다고 한다. 그렇게나 규칙적인 일과인데 어째서 주말만 되면 그렇게나 안 자려고 애를 쓰는 것일까. 나랑 단둘이 있을 땐 그래도 쉽게 잤는데, 엄마랑 동생까지 있으니 더더욱 안 자려고 용을 쓴다. 어제도 3시까지 안 자고 졸린 눈을 비벼가며 버티고 버텼다. 포대기로 업거나 아기 띠로 안으면, 분명 5분 안에 잠들 텐데…. 내가 포대기를 허리에 차기라도 하면 자기를 재우려는 걸 알고 저만치 도망간다. 억지로 안으면 몸을 뒤틀어서라도 탈출을 감행한다.

나도 꾀를 내었다.

"우리 소방차랑 구급차 보러 가자."

아이는 신이 났는지, 금세 마스크를 하고 신발을 신는다.

"아빠가 안아줄게. 이리 와."

내 품에 안기려던 아이는 아빠 허리에 채워진 아기 띠를 보곤 반신반의하는 눈빛이 된다.

"이렇게 아빠가 안고 소방서까지 데려가줄게."

아이는 기꺼이 안겨주었다. 아내가 걱정하며 물었다.

"안 자면 어떡하려고?"

"그럼 그냥 소방서 다녀와야지."

9층, 8층, 7층, 아이의 눈이 여전히 초롱초롱하다. 4층, 3층, 아이의 눈이 서서히 감기더니 3층을 못 가서 잠이 들었다. 다시 계단을 올라왔다. 집으로 들어와 신발을 벗기고 마스크를 벗겨서 눕혔다. 미안한 마음에 아이가 깨자마자 소방차를 보고 왔다.

그리고 오늘. 같은 방법으로 아이를 재웠다. 어제보다 더욱 의심의 눈초리를 하며, 아기 띠를 찬 나에게 안겼다. 이번 주말은 이렇게 재웠다. 한 주가 지나서도 아이가 속아줄지…. 아니 정확히 말하면 속이는 건 아니다. 아이가 잠들지 않으면 아빠 그대로 쭉 소방서를 가려던 참이었으니까….

과연 다음 주엔 같은 방법으로 아이를 재울 수 있을까? 아이가 뛰는 놈 위에 나는 놈이 되지 않기를 간절히 바라본다.

ZZZ

그의 고단했던 하루가
턱 하니 내 어깨에 기대어 내려앉는다.

가쁜 숨소리는
따뜻한 콧김으로 이 공간을 가득 채운다.

그의 온몸이
나의 어깨와 팔,
그리고 심장으로 파고들어 안겨든다.
모두가 잠든 밤,

그의 포근한 냄새가 내 코에 스며들고,
순수한 냄새에 취해
영혼이 잠에 스미어든다.

아기 반찬

아이 밥 먹이다 보면, 간도 안 된 아이 밥과 반찬이 꿀맛일 때가 많다. 간이 많이 된 어른 식사에선 느낄 수 없는 맛이다. 아주 사소한 맛까지도 느낄 수 있다. 아이 밥에 익숙해지다 보면 맨밥을 먹을 때조차 포도당의 단내가 느껴진다.

아이 반찬으로 아내가 고등어를 구워줬다. 아이 엄마가 "고등어 남으면 당신이 먹어."라고 하기에 얼른 한입 먹어보니 정말 맛있었다. 평소 입이 짧은 아이이기에, 남으면 나 밥 먹을 때 밥 위에 올려서 먹어야겠다고 생각하며 기대해봤다.

눈치 없는 녀석! 한 점도 안 남기고 입에 꾸역꾸역 다 넣는다! 오늘 저녁에는 나도 고등어 백반 먹을 테다!

찰나의 은총

음식의 절제가
흰밥의 단내를 느끼게 한다.

잠깐의 산책이
계절의 깊이를,
잠깐의 독서가
내 영혼을 풍성케 한다.

잠시의 낮잠이
내 육체를 소생시키고
잠시의 운동이
몸에 따뜻함을 헌사한다.

찰나의 시간이
우리를 가깝게 한다.
넘치지 않는 그 잠깐이
우리를 따스하게 감싼다.

신이 충만한 삶을 위해
주신 은총이다.

아이 엄마가 카톡프사(카카오톡 프로필 사진)를 눈팅하다가(이 습관은 많은 이들에게 있는 것으로 안다.) 어느 가정이 부럽다고 말했다. '뭣이 부럽냐'고 물었더니, 외식하는 모습이 부럽단다. 하긴 올해는 코로나 때문에 밖에서 외식을 해본 적이 거의 없다.

"그래. 우리도 외식하자!"

"아니 그게 아니라…."

아내가 부러워했던 건 고급 레스토랑 외식이 아니라, 그 자리에 아이가 함께할 수 있다는 사실이었다. 아이가 바깥 음식을 먹는 것이 일상은 아니지만, 그래도 맛있거나 좋은 것이 있으면 간혹 아이의 입에 넣어주기도 하는 바로 그런 장면. 우리는 그것이 부러웠다.

우리 아이는 계란과 우유에 알레르기가 있다. 계란이면 계란이고, 우유면 우유지. 이 둘을 다 가지고 있다니…. 우유나 계란이

들어간 음식을 만지기만 해도 알레르기가 순식간에 올라왔다. 우린 우유와 계란을 아예 들여놓지 않게 되었다.

우리 아이가 보통으로만 자랐으면 좋겠다. 남들 먹는 음식 먹고, 남들 크는 만큼 컸으면 좋겠고, 남들 배우는 만큼은 배우고, 남들 누리는 만큼만 딱 누렸으면 참 좋겠다. 하지만 우리가 말하는 그 '보통으로 키워내는 것'은 쉬운 일이 아니었다. 평범하게 자란 그 모든 아이들의 삶에는 누군가의 땀과 눈물이 가득 녹아져 있다는 사실을 내 땀과 눈물을 쏟아보고 나서야 알 수 있었다.

우리가 말하는 상 하위 50%가 딱 중간을 말하지는 않을 것이다. 모든 부분에 뒤처지거나 아픈 것 없이 이상적으로 커가는 것? 그것을 우리는 보통이라고 여기고 있는지도 모르겠다. 부모의 기대는 시간이 흐를수록 낮아진다는 이야기를 들은 적이 있다. 아이에 대한 막연하고 추상적인 기대는 현실의 벽에 부딪히며 제 앞가림만이라도 잘하고 살았으면 좋겠다는 소망을 남기며 사라진다고 한다.

지난 일 년 간 내가 받은 육아 성적표는 그다지 좋지 못했다. 알레르기가 있는 우리 아이는 보통의 아이와는 거리가 멀고, 1차 영유아 검사 때엔 키와 몸무게가 하위 8%를 기록했다. 18개월이 되도록 남들 다 가는 어린이집은 문턱도 밟지 못하고 있다.

정말 보통으로만 자랐으면 좋겠고, 보통만큼은 키워내고 싶은데… 이게 참 쉽지가 않다….

아프면 안 된다

몸이 자주 아프다. 정체를 알 수 없는 몸 구석구석이 쑤신다. 자기 직전과 자고 일어난 직후에 가장 심하다. 아침마다 코로나에 걸렸을지도 모른다는 의심이 들었다.

어제도 몸살 기운이 있었다. 하지만 쉴 수는 없었다. 내 앞에 놓인 일들을 그 누구도 대신해줄 수 없다. 아내마저 입덧으로 인해 그 일을 감당해줄 수 없다. 이럴 땐 가까운 사람부터 원망하기 시작한다. '부모님이 이럴 때 좀 도와주시면 좋으련만….' 맥없이 부모님부터 동생들, 친한 친구들까지 다 한 번씩 원망해본다. 그렇게 원망 투어를 돌고 나서야, 나는 그 원망이 얼마나 부질없는지를 깨닫게 된다.

집안일이라는 게 그렇다. 해봤자 티 안 나고, 안 하면 확 티 나는, 잘해야 본전인 그런 일. 그래도 해본 사람은 티 안 나는 그 일을 알아차릴 수 있는 안목 정도는 갖게 된다. 열심히 티 안 나는 그 일을 하고 났는데, 아내가 칭찬해줄 때가 가끔 있다. 이래서 경험이라는 게 중요한가 보다.

오늘은 그 티 안 나는 일을 도저히 감당할 수가 없었다. 멈췄다. 그냥 누웠다. 그러자 우리 집의 모든 것이 올스톱되었다. 다시 정신을 차리고 밀린 일들을 처리하기 시작했다. 이전보다 두 배로 늘어난 그 티 안 나는 일을 평소의 두 배의 힘을 들여 마치고 나서야 잠자리에 들 수 있었다.

하루라도 빨래를 하지 않으면 다음날은 빨래가 기하급수적으로 쌓인다. 제때에 설거지를 하지 않으면 싱크대 안은 난리가 난다. 화장실 청소를 제때에 하지 않으면 곰팡이까지 껴서 청소가 더 힘들어진다. 밥을 먹고 나면 밥솥을 바로 씻고 다음 끼니를 해결할 쌀을 씻어 불려놓아야 한다.

유난히 건강해 보이던 선배에게 물었던 적이 있다.

"선배, 선배는 아프지도 않나 봐요."

"어, 아프면 큰일 나. 아파서도 안 되고, 아플 수도 없어."

선배는 이른 아침부터 늦은 저녁까지 자녀 넷을 차로 실어 나르는 것만으로도 일정이 꽉 차 있다. 선배가 아프면 아이들 발이 꽁꽁 묶이고, 집의 모든 일이 멈추게 된다.

어느날 갑자기 나도 그런 존재가 돼버렸다. 아프면 큰일 난다. 아파서도 안 되고, 아플 수도 없다. 이런 정신력이 내 몸의 면역력을 향상시키는 것 같기도 하다. 환절기만 되면 감기를 달고 살던 내가 이렇게 하루도 안 쉬고 버티고 있는 걸 보면 말이다.

부모가 되기 이전의 나와 부모가 된 이후의 나는 확실히 다르다. 이 명제는 수많은 증거와 근거를 가지고 있는데, 그중에서도 부모가 된 이후 새롭게 가지게 되는 오감에 대해서 이야기하고자 한다.

시각

아이와 놀이터에 갔다. 나는 놀이터가 이렇게 다양하게 존재하는지 이제야 알게 되었다. 같은 놀이터라 해서 다 같은 놀이터가 아니다. 놀이터의 안전성과 난이도에 따라 놀 수 있는 연령대가 다르다. 우리 아파트만 해도 놀이터가 다섯 개 정도 있는데, 우리 아이(1~2세)가 안전하게 놀 수 있는 전용 놀이터는 딱 한 군데가 있다. 오늘 놀러 간 놀이터도 우리 아이에게 맞는 높이가 낮은 놀이터였다. 그래도 아이 혼자 놀게 할 순 없다. 혹시나 넘어지거나 다칠 수 있으니, 함께 그 낮은 공간에 들어가야만 한다. 머리를 숙이고, 때로는 군대에서 배운 낮은 포복 자세도 필요하다. 그러면서도 내 시선이 한시라도 아이에게서 떨어져선 안 된다. 그렇게 아이에게만 집중하다 보면, 나도 모르게 여기저기에 꿍 하고 부딪힌다. 내 시야의 범위가 철저하게 좁아지는 셈이다.

어디 그뿐이랴. 우리는 많은 아이들이 뒤섞여 놀고 있는 곳에서도, 내 아이를 본능적으로 찾아낼 수 있다. 여러 아이들의 사랑스러운 몸짓이 진행되는 발표회에서도 유독 내 아이에게만 시선이 간다. 부모가 되면 이렇듯 '이기적 시점'에 갇히게 된다. 또한 아이의 숱한 잘못과 실수에도 못 본척해야만 할 때가 늘어만 간다. 아무래도 부모의 시각은 나이를 먹으며 자연적으로 노화되기도 하지만, 부모가 되면서 본능적으로 좁아지게 되는가 보다.

청각

아이를 재우고 후배랑 거실에서 이야기를 나누고 있었다.

"아이가 깬 것 같아. 잠시만."

"난 아무 소리도 못 들었는데?"

정말 아이가 깼다. 평소 귀가 밝다는 이야기를 들어본 적은 없다. 다만 부모가 돼서는 우리 아이 울음소리는 귀신같이 알아차린다. 아니 아이의 울음소리라고 인식하기도 전에 내 몸이 먼저 반응해서 침대로 달려간다.

후각

“아들 응가 한 것 같아"

“냄새 안 나는데?”

“아냐, 응가 했어.”

내가 아내보다 먼저, 정확하게 알아차렸다. 딱 1년 전에는 아내가 아들의 응가를 먼저 알아차렸다. 양육의 책임자가 아내에서 나로 바뀌자, 그 후각의 예민함이 전위되었다. 당당하게 아내에게 한마디 했다. “자기, 이제 감을 잃어가고 있어.”

향을 통해 내 안에 감정, 기억이 생생하게 되돌아가는 걸 ‘프루스트 효과’라 한다. 특정 향이나 냄새를 맡게 되면, 그 냄새를 경험하게 된 그 어느 순간을 떠올리게 된다는 것이다. 아이의 똥 냄새, 아기 옷 냄새, 신생아 냄새, 젖 냄새는 분명 내 추억 어딘가에 스며들어 어느 순간에 그리움으로 되살아날 것 같다.

미각

간이 약한 아이 반찬이 맛있을 때가 있다. 흰밥의 포도당의 단맛마저 자극적으로 느껴질 때가 있다. 아이에게 밥을 먹이다 보니, 작은 맛마저 크게 느낄 수가 있다. 더욱이 계란, 우유 알레르기를 가진 예민한 아들 덕에 미각에 대해서는 더욱 예민할 수밖에 없다.

촉각

"아들, 아빠 뽀뽀!"

아들이 고개를 휙 돌린다. 제 엄마한테는 하루에도 수십 번 뽀뽀를 해주더니만, 하루 종일 봐주는 아빠에겐 그 흔한 뽀뽀 한 번을 안 해준다. 정말 어쩌다 한번, 아주 가끔 뽀뽀를 해줄 때면 나의 온 촉각이 살아나는 듯하다. 앉아 있는 아빠의 어깨를 짚을 때 작은 아이의 손이 닿는 촉감, 깊은 잠에 빠진 아들이 가슴에 얼굴을 파묻을 때의 촉감, 자고 있는 아이가 아빠 손가락 하나를 꾹 잡을 때의 촉감. 이 모든 촉감은 아주 여리고 약한 촉감인데, 부모가 되면 이 모든 촉감이 거대하게만 느껴진다.

시각의 후퇴, 청각, 후각, 미각의 발달, 촉각의 예민함. 이 모든 '부모의 오감'을 한번 느껴보시지 않겠는가.

자신이 없다

아침에 깨면 제일 먼저 드는 생각이 있다.

'오늘도 자신이 없다.'

육아와 집안일, 이 두 가지를 완벽하게 잘 해내고 싶었다. 식단은 체계적으로 2~3일 치를 짜서 포스트잇에 써서 냉장고에 붙였다. 아이 낮잠 시간을 활용해서, 집 안 구석구석을 깨끗하게 정리했다. 냉장고 정리를 마쳤다. 아이 반찬과 내 반찬을 완벽하게 세팅했다. 아이 옷을 종류별로 옷장에 넣었다. 주말에 부모님이 오시면, 여럿이서 개려고 빨래는 주말로 미뤄두었다. 사실 이 빨래 개는 게 여러모로 'GR'같다. 빨래 양도 양이지만, 힘들게 개두면 어느새 아이가 와서 흐트러뜨리기 때문이다. 밑 빠진 독에 물 붓기가 되는 셈이다. 아이가 낮잠을 자는 그 소중한 시간엔 그런 비생산적인 일에 매달리고 싶지 않았다.

아이 책은 새 책 위주로 배치하고, 장난감도 순환시킨다. 아이랑 놀아주는 것도 야외놀이와 실내놀이로 균형 있게 배당했다.

모든 게 완벽해 보인다. 어처구니없게도 나는 자신이 있었다. 근자감(근거 있는 자신감) 말이다.

그러나 계획대로 되면 인생이 아니고, 생각대로 되면 육아가 아니다. 예상치 못한 일들이 불쑥불쑥 튀어나온다. 아이에게 점심으로 먹인 소고기 볶음밥의 소고기가 아주 오래되었다는 사실을, 나는 다 먹이고서야 알았다. 저녁을 먹고 나서는 어떤 반찬 때문인지 모르지만 알레르기 반응이 나타났다. 뜬금없이 열이 났고, 컨디션이 좋지 않았다. 균형 잡힌 야외놀이와 실내 놀이는 미세먼지로 인해, 그 균형이 완전히 깨져버렸다. 그렇게 근거 있는 자신감은 하루 만에 산산조각이 났다. 오늘도 나는 아침에 깨자마자 스스로에게 말했다.

'오늘도 자신이 없다.'

긴장의 끈을 놓지 말자

사람은 '항상성의 동물' 다시 말하면 '적응의 동물'인 것 같다. 기가 막히게 상황에 잘 적응할 수 있는 항상성이 우리 몸 구석구석에 스며들어 있는 것 같다.

평일에는 어떻게든 아이를 건사해야 하기에 긴장하지 않을 수 없다. 아침에 가끔 도망가고 싶을 때가 있지만, 피할 수 없는 일이기에 받아들이게 된다. 어찌 보면 평일의 나는 배수의 진을 치고, 피할 길을 없애놓고 육아를 시작한다고도 볼 수 있다.

그러다 주말이 되면, 기가 막히게도 긴장의 끈이 풀어진다. 아이 엄마가 있기 때문이다. 그렇게 긴장의 끈이 풀어지면 한없이 자유로울 것 같은데 그렇지도 않다. 쉬는 것도 아니고, 애 보는 것도 아닌 어중이떠중이 시간은 흘러가고, 내 몸과 영혼은 더 피곤케 된다. 일요일 저녁에 아내에게 이야기했다. "내일부터 자기가 없네?" 갑자기 두려워지기 시작한다. 사흘간의 주말 모드(긴장 해제)로 살아왔던 내 몸에 스위칭이 필요하다. 그러나 월요일 아침

내 몸은 좀처럼 긴장 모드로 되돌아오지 않는다. 자꾸만 눕고 싶고 퍼지고만 싶다. 그럴 수 없는데 말이다.

새삼 깨닫는다. 주말이 되어도, 긴장의 끈을 놓아서는 안 된다고. 그렇게 놓아버린 긴장감을 되돌리는 데 시간이 걸린다고.

아이 엄마에게 말했다. "나 주말에도 똑같이 새벽에 일어나고, 주말에도 아이 볼래."

내 몸이 기계처럼 '휴식 모드-긴장 모드', '빨간불-파란불'을 자유자재로 전환할 수 있다면 얼마나 좋을까? 하지만 나에겐 아직 그런 영혼 컨트롤러가 잘 작동되지 않는다. 그렇기에 스트레스가 과중되지 않을 정도로 약간의 긴장만 달고 살아가야겠다. 아내가 퇴근했다고 긴장 풀지 말기, 저녁에 아이 씻기고 나서도 아이 재울 때까지는 긴장 풀지 말기, 순간순간 눕고 싶어도 눕지 말고 앉아서 적당한 휴식 갖기.

긴장을 확 풀어버릴 수 있게 혼자 캠핑이라도 가고 싶다.

지역방어 개인방어

농구에서 수비 방법이 크게 두 가지로 구분이 된다. 개인방어와 지역방어다. 이 둘을 상황에 맞게 적절하게 잘 구사하는 것은 승패에 있어서 매우 중요한 선택이다. 육아에도 지역방어와 개인방어가 있다. 애가 하나일 땐 가끔 지역방어도 사용했다. 아내는 거실, 나는 아이 방에 머물면서 아들이 찾아가는 곳을 방어(?)하면 된다.

간식을 먹으러 거실로 아들이 뛰어간다. 덕분에 나는 아이 방에서 잠시 쉽을 갖는다. 잠시 뒤, 장난감을 향해 뛰어오는 아이의 발소리가 들린다. 벌떡 일어난다. 수비다. 반대로 아내는 소파에 누웠을 거다. 서로에게 윈윈인 이러한 지역방어는 아주 가끔만 사용했다. 아이 방에서 같이 놀다가 거실로 달려가는 아이를 도저히 따라갈 수 없을 만큼 체력이 부족할 때, 바로 그때 자연스레 지역방어가 된다.

우린 대체로 개인방어를 사용했다. 아이가 하나일 땐, 둘이서 하나를 맡는 더블팀을 주로 활용했다. 아이가 둘인 지금은 일대일 개인방어를 자주 사용한다. 아내가 둘째 젖을 먹일 때 나는 첫째랑 놀아준다. 둘째가 잠들고 아내가 첫째랑 놀아주고 있으면 난 집안일을 시작한다. 이 개인방어는 상황에 맞게 스위치가 잘 되어야 효과적이다. 그런데 사실 일대일은커녕 2대 1도 버거울 때가 많다. 매우 빠르고 지능적으로 플레이하는 첫째를 우리 둘이 커버하는 것도 매우 버거웠다.

상황이 이렇다 보니, 가끔 속공을 얻어맞을 때가 있다. 피치 못할 사정으로 백코트 하지 못하는 나 때문에, 아내가 1대 2로 수비해야 할 때가 있다. 이건 도저히 감당할 수 없는 수비다. 일대일, 아니 2대 1도 버거운 마당에 1대 2를 맡길 수는 없다. 그러니 친구들이여. 나를 부르지 말아 다오. 아내의 친구들이여, 아내를 부르지 말아주오.

태어나기 전에는 제발 건강하게만 태어나게 해달라고 기도했고, 태어나서는 아프지 않기를 기도했다. 아이가 아플 땐 차라리 내가 대신 아프게 해달라고 기도했으며, 아이의 키가 조금 작다는 것을 알고는 키가 크게 해달라고 기도했다. 잘 먹지 않는 아이를 위해선 잘 먹기를, 잘 잠들지 않는 아이를 위해서 제발 깊이 오래 잠들기를 기도했다. 무엇보다 아이가 가지고 있는 알레르기가 낫기를 하루에도 몇 번씩 기도한다.

가장 흔하게 했던 기도는 아이가 잠들었을 때, 제발 조금만 더 자게 해달라는 거다. 너무 빨리 깬 아이를 안으며 제발 다시, 다시 잠들게 해달라고 했다. 아침에 일어나면 매일 하는 기도도 있다. 하루도 자신이 없다. 무엇을 해야 하고, 어떻게 버텨야 하는지 두려움만 엄습해온다. '오늘도 무사히. 오늘도 무사히 버티기를….' 내 기도의 내용 중에는 대단한 것들은 점차 사라진다. 소소한 것들, 우리의 일상을 지켜주시기를 기도할 뿐이다.

아침형 인간

아주 오래전부터 아침형 인간이 되고 싶었다. 새해 다짐 혹은 삶의 결심을 굳건히 할 때면 언제든 '아침형 인간' 카드를 꺼내곤 했다. 하지만 번번이 실패했다. 아침에 일어나기가 몹시 힘들었을 뿐만 아니라 그만큼 밤 시간을 포기하기가 쉽지 않았다.

그 어렵던 인생의 과제가 저절로 풀렸다. 아이 때문에 수시로 깨어나야 했다. 물론 지금은 아이가 통잠을 자긴 하지만, 몸에 밴 긴장 때문인지 여전히 새벽에 한 번씩 툭툭 깬다. 어떻게든 내 시간을 만들고 싶었다. 그 절박함이 이불을 박차고 일어나게 했다. 하지만 아이를 재우기 위해 밤에 함께 누우면, 육아의 피곤함 때문인지 아이와 함께 잠들어버린다. 도저히 버틸 수가 없었다.

'새벽에 눈이 떠짐', '내 시간 확보에 대한 절박함', '피곤함으로 인한 빠른 시간 취침'. 이 모든 조건이 절묘하게 들어맞으면서 나는 그토록 원했던 아침형 인간으로 자리 잡고 있다. 아들에게 고맙다고 해야 하나?

월급. 우리가 육아휴직 하도록 용기를 내는 첫 번째 관문이자 가장 큰 걸림돌이 되는 그것.

내가 일하는 직종은 육아휴직 때에 1년간 본봉의 60%가량(전체 월급에선 30~40% 정도)을 지급해 준다. 나로서는 적은 금액이라 생각하지만 이마저도 허락되지 않아 육아휴직은 꿈도 꾸지 못하는 사람들이 많을 것이다.

나는 새벽부터(육출) 아이가 잠드는 시간(육퇴)까지 내 온몸을 불사른다. 아이만 보는 게 아니라 모든 집안일을 도맡아 한다. 총 근무 시간 열두 시간. 나는 근로법에 보장된 주당 노동 시간을 훨씬 초과해서 일하고 있는 셈이다. 이 모든 일을 하고 나에게 허락되는 돈은 70만원 정도다. 이 금액이 내가 일한 대가이자 보상이라고 할 수 있다.

육아휴직을 마치고 복직한 후배와 자주 통화를 한다. 육아휴직 중인 나에게 그는 푸념하듯 말했다. “그래도 선배는 월급을 받잖아. 나는 아예 월급 없이 살았어. 나는 그게 제일 싫었어.”

얼마 전 온라인 카페에서 베이비시터를 구한다는 글을 보았다. 솔깃했다. ‘우리 아이 보면서 같이 보면 되겠네?’라는 말도 안 되는 상상을 했다. 아내가 막 산후조리원에서 나왔을 때 고용한 산후 도우미분께 2주간 88만원을 드렸다. 부모님께 아이를 맡기는 주변 지인들은 한 달에 백만원 정도를 드린다고 들었다. 등·하원만 시켜주는 이모님도 한 달에 80만원 정도가 든다고 했다.

물론 지역과 상황에 따라 다를 것이다. 어쨌든, 예전엔 이 금액이 적지 않다고 생각했다. 하지만 이 모든 일들을 겪고 나니, 이 모진 일에 대한 대가로 그 금액은 결코 크지 않다는 생각이 든다. 물론 내가 하는 일이 돈으로 환산될 수 없다는 것을 잘 안다. 하지만 밖에서 나보다 훨씬 많은 돈을 벌어오는 아내를 보며, 자꾸만 비교가 되는 것은 어찌할 수가 없다. 부끄럽지만 때론 본전 생각이 나기도 했다.

자녀 넷을 키워 낸 한 선배가 이런 이야기를 했다. “어떤 일을 결정할 때, 돈은 제일 마지막에 생각해.” 살다 보니 가족이 아프게 되거나, 우리가 어찌 할 수 없는, 즉 돈으로 해결할 수 없는 일들이 훨씬 많다는 것을 알았다. 돈으로 해결할 수 있는 문제면 그래도 다행이라는 생각마저 든다. 나도 이 기준을 삶에 적용해보기로 다짐해본다. ‘계속 육아휴직을 할지 말지’, 또 ‘무언가를 해줄지 말지’, 이 모든 것을 결정할 때 돈은 마지막에 생각하기로….

잘 될지는 모르겠지만….

정신이 힘들다는 것

'힘들다, 힘들다'를 입에 달고 사는 나를 향해 육아 선배가 위로의 말을 건넨다.

"힘내. 조금만 더 키우면 좀 나을 거야."

'그래, 조금만 더 버티자. 크면 좀 나아지겠지.'

"그런데 기억할 게 있어. 아이가 크면 몸은 덜 힘들지 모르지만, 정신적으로는 더 힘들어져."

'정신적으로 힘들어진다는 것이 무엇일까?'

이 물음에 대한 답은 금세 찾아왔다. 아이에게 고집이 생겼다. 외출을 할 땐 자기가 신고 싶은 신발, 입고 싶은 옷을 직접 고른다. 내가 입히고 싶은 옷이나 신발은 거부한다. 유모차를 탈 것인지 자전거를 탈 것인지 아님 그냥 걸어갈 것인지를 매일 자기가 선택한다. 뽀뽀를 요청하는 사람들의 말에 뽀뽀를 할지 말지 선택을 하고, 안길 사람도 나름의 기준으로 선택한다.

떼쓰는 아이에게 대충 둘러대면 됐을 일도, 이제는 자세히 설명을 해줘야 한다. 쉽게 낮잠을 재웠는데, 이제는 낮잠 재우기 위해 수면조끼를 입히려고 하면 귀신같이 알고 고개를 가로젓는다. 강제로 재우기 위해 아기 띠를 매면 이제는 막 도망간다. 자지 않겠다는 아이의 의사 표현이다. 한참을 설명했다. 지금 자야 엄마를 볼 수 있다고, 자고 나면 엄마가 집에 와 있을 거라고. 이 말에 아이는 설득을 당했다.

18개월 된 아이를 키우는 나는 몸이 힘든 상황에서 정신이 힘든 상황으로 넘어가고 있다. 이제 돌도 안 지난 아이를 키우는 후배네 가족은 밤에 잠을 잘 못 자서 매우 힘들어한다. 누구나 자신의 상황이 제일 힘든 법이다. 그땐 그때고, 나는 지금의 내가 제일 힘들다. 몸이 힘들던 그 시기가 잘 생각이 나지 않는다. 물론 몸이 힘든 그 시기로 돌아가고 싶은 마음은 전혀 없다.

몇 년 전, 아는 형님이 나에게 물어왔다. 자녀 교육에 관한 이야기였는데, 그때에 나는 교사 병이 도져 이런저런 아는 체를 했던 것 같다. 내 얘기를 가만히 다 듣고는 “너도 키워봐, 이 자식아.”라며 핀잔을 주셨다. 그땐 몰랐다. 이 형이 왜 그랬는지….

어제 해질 무렵, 아직 아이가 없는 한 친구와 통화를 했다. 육아로 찌들어 있는 내게 이런저런 말로 위로를 해주었다. 요지는 내 몸부터 살피며 키우라는 것이었다. 위로는 고마웠으나, 크게 공감은 되지 않았다. 헬스장에 운동하러 간다기에, 지금 많이 해 두라고 답해주었다. 그러자 그 친구는 “난 애가 생겨도 꾸준하게 내 관리는 잘할 거네.” 친구의 말에는 자신감이 묻어나 있었다. 분명 나처럼 찌들어 살지는 않겠다는 다짐이 묻어 있었다.

나도 그랬다. 자신이 있었고, 무엇보다 내가 중요했다. 어떤 것은 포기했지만, 다른 어떤 것은 포기하지 않았다. 하지만 막상 아이를 키워보니 포기해야 할 것이 늘어나고, 독박육아를 하기 시작하고서는 거의 모든 것을 놔야 했다. 물론 그 친구는 나처럼 살지 않을 수도 있다. 자기가 하고 싶은 일들을 하며 여유롭게 육아를 할 수도 있겠다. 하지만 그냥 되는 것은 없다. 본인이 누리는 양만큼 누군가가(아마도 애 엄마가 되겠지…) 감당하는 몫이 커질 것이며, 그것도 아니라면 말 그대로 정말 자유로운 부모가 될 수도 있겠다. 안타깝게도 난 그런 부모가 되는 것엔 실패한 것 같다. 아이를 키우면 키울수록, 아이와의 관계의 깊이가 깊어지면 깊어질수록 나는 점점 아이에게 묶이고 있었다.

공감의 깊이는 경험에서부터 나오는 듯하다. 특히 육아는 다른 어떤 것보다 경험이 중요하다는 생각이 든다. 경험해보지 않고는 그 깊은 좌절과 깊은 절망을 이해할 수도 공감할 수도 없을 것이다. 나에게 자신 있게 조언해준 그 친구는 사실 여러모로 공감을 잘해주는, 배려심 많은 친구다. 그럼에도 그는 육아의 경험이 전무하기에 그렇게 자신감이 넘쳤으리라 생각이 든다. 또한 몇 년 전 선배에게 육아의 무경험자인 내가 감히 늘어놓았던 궤변들은 지금의 나에게 한없는 부끄러움을 가져다주고 있다. 내가 경험해보지 못한 일에 대해 공감해줄 땐 어떠한 설명이나 조언을 늘어놓지 말아야 한다. 그저 겸허히 듣기만, 고개를 끄덕이기만, 상대방에 힘듦에 머물기만 해주어야 하겠다.

나는 모른다

나는 모르오.
남을 안다고 하지 마오.
나를 안다고 하지 마오.
안다고 생각하는 것은
모르는 것이요,
깊이 알기를 포기하는 것입니다.

모른다고 말하는 것은
아는 것이요,
알기를 원하는 겸손한 마음이요,
그 시작입니다.

저녁 산책

쓰레기를 버린다는 핑계로 가벼운 산책을 가끔 즐긴다.

아주 짧고 가벼운 산책 말이다.

집 주변을 거닐다 보면 아들과 나의 숨결이 닿지 않은 곳이 없다.

지난 일 년간의 시간이 이 모든 곳에 스며들어 있다.

고된 하루의 모든 복합적인 감정들은 의식 아래로 가라앉고, 아들과의 그 애틋한 시간과 추억만 그리움으로 자리 잡는 듯하다.

우리에게 허락된 이 시간도 끝이 보인다.

하지만 이곳에 사는 동안만큼은, 그 추억이 우리에게 분명하게 남아 있을 것 같다.

옷 개기

귀뚜라미 소리 아득히 들려오는 밤. 아기 냄새 맡으며 한 장 한 장 옷을 갠다. 내일은 오늘보다 더 많이 사랑하고 더 많이 놀아주고 더 많이 웃음 짓게 해줄 수 있기를 기도한다. 현재시간 12시 30분. 육퇴!

그리움

하루 내내 아빠 가슴에 딱 붙어 있는다. 제대로 껌딱지가 되었다. 반복되는 일상, 풀리지 않는 피로. 하루에도 여러 번 이런저런 감정이 훅훅 올라오다가도, 아일 빨리 재우면 찾아오는 깊은 고요함의 시간을 기다리다가도, 막상 아들이 잠들고 나면

그.

립.

다.

샤워 친구들과 놀던 장난감들, 읽고 던져놓은 책들, 인형들, 벗어놓은 옷들과 기저귀, 너의 체취가 남아 있는 이 모든 것들을 정리하다 보면,

자고 있는 네가 그립다!

지난번처럼 자고 있는 아이. 그립다고 옆에 가서 뽀뽀하다 깨기라도 하면? 엄마한테 엄청 혼나겠지?

아들, 잘 자! 이제 아빠랑 엄마는 드라마 볼 거야.

아빠의 모교

사람이 아무도 없을 거야.
역시나였다. 개미 한 마리 보이지 않았다.

아빠의 모교에 처음 와보는 아들.
넌 알까?
지금은 황량한 이곳이
30년 전에는 북적북적했다는 사실을.

가을 운동회 날이면
아이 어른 노인 꽉 들어찼고
천막 가득 만국기 가득 하늘을 뒤덮었다는 것을

그날의 함성은 온데간데없고
건물만이 덩그라니 남아 있는데
사랑스런 너의 존재만으로
여전히 따뜻하고 사랑스러운 공간이 되는구나.

그나저나 이 학굔 돈도 징그럽게 없나 보다.
30년 전 내가 다닐 때나 지금이나 변한 게 없네.
좋아해야 하나, 씁쓸해해야 하나.

만지작만지작

며칠 전부터 아이가 일찍 잠을 잔다. 어떤 날은 8시 30분. 어떤 날은 9시 30분. 예전 같으면 상상도 할 수 없는 시간들이다. 아이가 일찍 잠들어주니, 나와 아내는 드라마도 보고, 때론 같이 기도도 하고, 때론 책도 같이 보는 호사를 누린다. 다만 아쉬운 게 하나 있다. 그토록 원하던 우리만의 시간을 누리고 침대로 향하면, 아이가 자고 있다. 그 모습이 너무나 귀여워서 깨워서 놀고 싶은 지경이다. 하지만 그걸 실행에 옮겼다가는 아내에게 혼쭐이 날 터. 그 사랑의 감정을 억누르고 또 억누르며 자고 있는 아이 손가락만 만지작만지작한다. 때론 삼십 분, 때론 한 시간을 그렇게 한다. 아침 출근 전, 자고 있는 아이를 깨울 수 없어 나는 오늘도 한참을 아이 손가락만 만지작만지작하다 출근했다.

물론 여기까지는 일 년 전 내가 한 행동이며, 일 년 전 내가 쓴 글이다. 지금도 그렇게 여전히 그렇냐고? 아니다. 독박육아 일 년 만에 지극히 현실적인 아빠가 되었다. 절대 안 깨운다.

우울과 기쁨 사이

하루 종일 아이를 보는 나에게도 기다려지는 시간이 있다. 힘든 시간을 버텨내면 그래도 찾아오는 소망 같은 시간이 있다. 오전에는 아이 낮잠을 자는 시간을 고대하며 그 긴 시간을 버티고, 오후에는 아내의 퇴근 시간을 고대하며 그 시간을 버틴다. 아내가 와도 완전한 육퇴는 아니지만, 그래도 어느 정도 마음의 짐을 분담할 수 있기에 그 시간이 가까워지면 한없이 현관문만 쳐다보게 된다. 하지만 이제 그 시간마저, 사라지고 말았다.

가족이 늘어났다. 한 영혼에 대한 책임감의 무게가 얼마나 힘겨운지를 알기에 마냥 좋아할 수만은 없다. 인간이 다른 동물들에 비해 임신 기간이 긴 이유를 조금은 알겠다. 10개월이라는 짧지 않은 그 시간 동안 참 많은 일들이 흘러간다. 그 긴 시간 동안 아이에 대해 생각하고, 또 기대한다. 또한 부모로서의 삶을 다짐하고 준비하는 시간 속에 우리는 잠긴다고도 할 수 있다. 어쨌든 하나도 힘든데, 이제 나는 셋을 건사해야 한다.

아내의 퇴근 시간도, 아내가 쉬는 주말도 더이상 육퇴의 시간이 아니다. 이젠 아이를 돌보면서, 입덧이 심한 아내도 돌봐야 한다. 그 배 속의 아이까지도 돌봐야 하는 운명이 되었다.

이 짧은 글을 휘갈겨 쓰기 전, 제목을 놓고 고민했다. '묘연해진 육퇴', '가족이 늘어났어요' 사이에서 한참을 고민했다. 제목을 무엇으로 정하느냐에 따라 나의 글이 전혀 다른 방향으로 진행될 것을 알았다. 즉 나의 아픔에 초점을 맞추느냐, 새 생명의 기쁨에 초점을 맞추느냐다. 요즘 양단의 감정이 수시로 찾아온다. 오늘, 바로 이 순간만큼은 너덜너덜해진 내 마음 상태를 대변해 전자의 제목으로 이 글을 기록해본다. 새 생명의 아름다운 순간에도, 이런 우울함이 담긴 글을 쏟아내야 하는 내 심정도 오죽하겠는가?

p. s.

새 생명의 탄생 앞에 나만 생각하는 글 같아서 다시 수정한다. '묘연해진 육퇴'에서 '우울과 기쁨 사이'로 수정했다. 이후 또 어떻게 수정이 될지 나도 내 마음을 잘 모르겠다.

배수의 진

지난주엔 갑자기 배가 아팠다. 나 아픈 거야 어떻게든 버티겠지만, 내가 봐야 할 아이가 걱정이었다. 아이를 잠시만 맡길 수 있으면 좋으련만, 상황이 녹록지가 않다. 아내는 출근했고, 양가 부모님도 일하고 계신다. 막막했다. 배를 잡고 소파에 누웠다. 그러고는 한 시간가량 잠들어버린 것 같다. 잠을 깬 순간 아이 생각에 식은땀이 났었다. 다행히도 아이는 혼자 놀고 있었고, 아빠가 걱정되었는지 내 옆을 지키고 있었다.

이럴 때 참 슬프다. 또 이러지 말라는 법도 없는데, 걱정이 든다. 그날은 나를 위해줄 만한 보호자가 없다는 생각에 마음이 좋지 않았다. 그리고 오늘 우려했던 일이 일어나고 말았다. 아침에 일어났는데 또다시 배가 아프기 시작했다. 아내는 이미 출근 준비를 마친 상태였고, 아들은 잠에서 깨서 엄마에게 보채고 있는 상황이었다. 도움을 요청할 수도, 그렇다고 당장 병원을 다녀올 수도 없었다. 이러지도 저러지도 못하고 있는데, 아내가 회사에 전화를 했다.

아내는 지참을 썼고, 아내가 잠시 아이를 보는 동안 병원에 다녀왔다. 주사를 맞고, 약을 먹으니 조금 나았다. 그렇게 아내는 한 시간가량 늦게 출근을 했다. 분명 내가 미안한 일은 아닌데, 미안했다.

일 년 전에는 내가 회사에 있으면 아내로부터 이런저런 일로 왕왕 전화가 왔었다. 그럴 때마다 마음이 참 곤란했던 적이 생각이 난다. 하던 일을 놓고 올 수도 없는 상황이고, 그렇다고 오지 않을 수도 없는 상황들이 종종 있었다. 그때마다 아내는 얼마나 발을 동동거렸을까?

몸과 마음이 너덜너덜해졌지만 공감의 폭은 확실히 넓어진 듯하다. 육아의 전선에 있는 이들에겐 직장 동료들이 이해의 폭을 조금만 넓혀주셨으면 좋겠다. 때론 늦어도, 때론 조금 일찍 퇴근해도 등을 두드리며 "그래, 애써~" 해주면 좋겠다. 왜냐하면 그들은 이미 배수의 진을 치고 육아의 전선에서 고군분투하고 있을 테니까….

체온과 응가

36, 굿.

37, 어라?

38, 헐!

39, 주섬주섬….

코로나 시대를 사는 우리를 뼛속까지 두려움에 떨게 하는 수치. 바로 체온이다. 체온계에 뜬 수치 하나가 우리 가족을 두려움에 사로잡히게 한다. 우리는 일 년간 하루도 빠짐없이 체온을 쟀다. 질병본부 관계자도 이렇게까진 하지 않았을 텐데 우리는 참으로 우리의 귓구멍을 학대해왔다. 아침에 일어나면 귀에 체온계를 꽂는 행위가 하루의 첫 의식이라도 되는 것마냥. 이젠 체온계 없이도, 어느 정도 아이의 열감을 알 수 있는 경지에 이르렀다.

우리를 긴장하게 만드는 또 한 가지는 아이의 '응가'다. 누가 그랬던가? 똥은 기특한 물건이라고. 아이가 처음부터 끝까지 누구의 도움 없이 스스로 하는 유일한 행동이라고. 아주 오래전엔 임금님의 용변으로 건강 상태를 확인했듯이, 이유식을 먹일 땐 애 엄마가 똥을 해부해서 어떤 음식을 잘 먹는지 살핀다. 실제로 아이의 식생활을 파악하는 데 도움이 되었다고 아내는 말했다. 임금님의 그것은 심지어 맛을 보기도 했다는데, 차마 그것까지는 아무리 부모라도 못할 노릇이긴 했다. 어쨌든, 아이의 그것이 조금이라도 묽거나 색이 좋지 않으면 우리의 가슴은 얼어붙는다.

아이가 엄마 배 속에 있을 때, 아이 엄마의 체온이 38도가 넘어 두 번이나 응급실로 달려갔었다. 아이가 새벽에 일어나 갑자기 구토를 계속해서 구급차를 부른 적도 있다. 난 삼십칠 년 사는 동안 구급차 탄 적이 단 한 번도 없는데, 아이는 생후 일 년도 되지 않아 구급차를 경험했다. 아이는 장염 진단을 받았고, 그뒤 며칠 동안은 아이의 응가를 시시때때로 확인해야 했다. 이러한 경험들을 하고 나면 결코 체온과 똥에 대해 쉽게 지나칠 수가 없게 된다.

기계에 떠 있는 수치 하나, 아이의 내부기관을 타고 세상 밖으로 나온 찌꺼기 하나. 그렇게 이것들은 아이의 건강 상태뿐만 아니라 우리의 삶 전체를 뒤흔드는 매우 중요한 신호들이 되었다.

첫째인가요?

아침에 아이가 발목을 접질렸다. 평소 같으면 훌훌 털고 일어나는데, 울음소리가 평소와 달랐다. 아니나 다를까, 서지도 걷지도 못한다. 오른쪽 발목에 통증이 있나 보다. 너무나 놀라서 소아과에 갔다. 소아과에서는 정형외과로 가라고 했다.

정형외과에 갔더니 엑스레이를 찍자고 해서 찍었다. 이제 돌 지난 아이가 엑스레이만 두 번째 찍는다. 제법 씩씩하게 울지도 않고 잘 찍었다. 다시 의사 선생님께 진료를 받으러 들어갔다. 선생님의 첫말이 "첫째인가요?"다. "네."

"뼈는 이상이 없고요, 아기는 인대가 고무줄같이 탄성력이 워낙 좋습니다. 하루 정도 지나면 스스로 걸을 거예요. 어쩌면 오후에 걸을 수도 있어요."

부모의 모습에 아이가 첫째인지가 훤히 드러나나 보다. 작은 일에도 발을 동동 구르고, 아이가 귀하고 사랑스러워 어쩔 줄 모르는 부모 초년생 티가 훤히 나타나나 보다.

'첫째인가 봐요?'

'네. 첫째입니다. 그래서 예뻐 죽겠고, 아프면 미치겠습니다.'

아들아, 오늘은 아빠가 너의 발이 되어줄게….

돌치레

> 내 삶에 찾아온 손님(어둠, 빛) 모두를 끌어안으라(존중하라). 즉 나의 삶에 빛과 그림자, 양쪽 모두를 인정하고 그 둘을 조우하게 해라. 어두운 나도 나이고, 밝은 나도 나이기 때문이다. 탄생과 죽음, 기쁨과 슬픔, 축복과 상실, 만남과 이별. 역설적인 양극단의 단어들이 내 인생의 동반자이자 나의 삶의 일부라는 사실을 그대로 껴안고 받아들이라.
>
> — 아이가 태어나기 전, 2018. 11. 8. 나의 글 중에서

요 며칠 돌 치레로 열이 39.5도까지 올라가고, 컨디션이 처진 아들을 보며 어떻게든 밝은 얼굴로 웃겨주려고 노력했다. 내 삶의 어두움도 견디기 어려운데, 아들의 어두운 과정을 인정하고 받아내는 것은 더 고된 일이었다. 내 삶의 빛과 어두움을 모두 인정하고 받아들이기도 벅찬 과정인데, 아들의 삶의 그것들도 그렇게 해야 한다니 갈 길이 참으로 멀다. 하지만 결국 그 과정을 몸소

인정해가고 있다. 나에게도 삶은 빛과 어둠이 공존하는 것처럼, 아들의 삶도 결국 그럴 수밖에 없음을 인정하고 받아들이고 있다.

아픈 아이를 재우며

아직은 잠들지 않으려는
아이의 맑은 눈동자를 바라보는
아빠의 눈물 한 방울이
아이의 볼에 떨어진다.

아픈 아이의 뒷머리를 한 손으로 감싼다.
뜨거운 아픔이 고스란히 손을 타고 전해진다.
그 아픔의 온도만큼,
부모의 아픔도 쌓여간다.

아이의 인생에도
희노애락이 있을진대
아이의 애(哀) 만큼은 지켜보기가 힘들다.

자립(自立)하는 아이로 키우고 싶지만,
아이의 아픔 앞에서는 무너지고 만다.

면역체계

아이가 돌이 되자 예방 주사 맞을 일이 많아졌다. 오늘 맞혔는데 다음 주에 또 맞혀야 하고, 앞으론 더 자주 맞혀야 한다고 했다. 주사명도 나는 다 기억을 못한다. 아내가 속속들이 알고 있다. 수첩에 적힌 대로 미션을 수행하듯 주사를 맞혀야 한다.

그렇게 아이의 새로운 면역체계가 확립이 되어간다. 이미 면역체계가 갖춰진 어른인 나에게도, 새로 갖춰야 할 사회적 면역체계가 내 삶을 비집고 찾아온다. 얼리어답터까지는 되지 못하더라도, 신문물을 내 삶의 면역체계로 습득하지 않으면 나는 도태될 것이다.

어느 정도의 유행어나 신조어를 알지 못하면 나는 대화에서 자연스럽게 배제된다. (눈치라고 불리기도 하고, 사회생활이라고도 불리는) 사람들의 비언어적 표현에 다시 눈을 떠야 하고, 상사의 정서적 폭력에도 지혜롭게 견딜 수 있는 면역체계도 갖춰야 한다.

슬프게도 이런 것들은 나도 모르는 사이에 내면화된다. 그렇지 않으면 나는 눈치 없는 사람이라며, '라떼'와 '꼰대'라는 이 시대가 경계 지어둔 범주에 들어가고야 만다.

스웨덴은 코로나 바이러스에 집단면역 시스템으로 대처하고 있다고 한다. 언젠간 내 몸에도(직접적인 감염 혹은 백신으로) 코로나에 대응하는 면역체계가 만들어질지도 모르겠다.

아들아. 주사가 따끔하지만 견뎌내자.
아빠는 이 나이에도 발버둥 치고 있잖니!
그 면역체계, 그 사회성이 뭐기에….

모처럼 아이가 밥을 잘 먹었다. 숟가락을 내미는 족족 입을 열기에 나도 기분이 좋아 계속 입에 넣어주었다. 입안 가득 음식을 채운 아이는 우걱우걱 맛있게도 먹었다. 세상에서 가장 행복하고 보람된 순간이 언제냐고 물으면 나도 한 치의 망설임도 없이 아이 입에 밥 들어가는 순간이라고 말하겠다. 그만큼 내 자식이 맛있게 먹는 모습을 보면 부모로서 세상을 다 가진 기분이 된다.

한참을 먹던 아이의 얼굴이 갑자기 빨개진다. 뭔가 이상을 느낀 나는 평소처럼 입안에 가득한 음식들을 손으로 빼내려고 했다. 그런데 평소와는 다르게 그걸 거부했다. 그뿐만 아니라 입안의 내용물이 다 나왔는데도 아이는 계속 답답해했고, 얼굴은 여전히 빨갛게 달아올랐다. 목에 무언가 걸렸는지, 계속 구토 증상을 보였다. 우웩우웩.

이런 상황에선 도저히 침착할 수가 없다. 하임리히법을 본능적으로 시도했다. 잠시 뒤 게워낸 토와 함께 큰 가시가 함께 딸려

나왔다. 크기도 크기지만 날카롭고 단단했다. 생선 가시를 바른다고 발랐지만, 살 결에 붙어서 딸려 들어간 것이다.

아빠한테 잘 안기지도 않던 아이가 아빠 품에서 한참을 울었다. 사실 나도 울었다. 다리가 덜덜 떨렸다. 낮잠을 재워야 할 시간이 한참 지났는데도 불구하고, 나는 멍하니 아이를 쳐다만 보고 있었다. 금세 평안해진 아이와는 달리, 나는 좀처럼 진정이 되지 않았다.

졸려 하는 아이를 간신히 재웠다. 아직도 가슴이 뛴다. 이런 일을 겪고 나면 내 마음은 초심으로 돌아간다. 독박육아로 힘들다고 투정했던 마음이 반성 모드로 바뀐다. 잠든 아이를 한참 물끄러미 쳐다보았다. 부모가 된다는 것은 참 먼 여정인 것 같다. 조금 익숙해지려 하면, 내 마음을 처음 상태로 되돌려놓는 게 육아다. 숱한 위기를 겪고 나서야, 내가 통제할 수 있는 일보다 내가 통제할 수 없는 일들이 훨씬 많음을 깨닫는다.

잘해줘야겠다. 지금은 그냥 이 생각밖에 들지 않는다.

불쌍하다

독박육아는 반드시 우울증을 동반한다. '반드시'에 의문을 달 수 있으나, 크든 작든 그 감정을 느낄 수밖에 없는 환경인 게 분명하기 때문이다. 우울증의 다양한 종류가 있겠지만, 내가 지금 말하고 싶은 감정은 '내가 불쌍하다 생각되는 감정', 즉 '자기 연민'의 감정이다.

내가 얼마나 불쌍한지 지금부터 읊어보겠다. 나는 주관적으로 썰을 풀 테니, 지극히 객관적으로 판단해주시기를 바란다. 내 삶, 다시 말해 내 일상적인 의식주를 설명하겠다.

아들에게 좋은 것을 먹이기 위해 노력을 한다. 특히 계란과 우유에 알레르기가 있는 아들이 먹을 수 있는 음식에는 한계가 있다. 아침 일찍 새벽같이 일어나 아이의 아침을 준비하기도 하고, 나는 먹지도 못하는 전복죽을 자주 만들기도 한다. 아는 사람은 알겠지만, 참고로 전복죽은 전복을 손질하는 일이 매우 귀찮은 일이다. 아이 반찬을 사서 먹이기도 하지만, 자주 즉석요리를 해 준다. 간식거리도 이왕이면 좋은 곳에서 좋은 것만 사서 먹인다.

내 아침은 거를 때가 많다. 아이를 재운 뒤, 오후 두세 시가 돼서야 내 입에 첫 끼니가 들어간다. 이마저도 아이가 일찍 깨버리거나 집안일이 많을 땐 허락되지 않을 때가 종종 있다. 아이가 먹고 남은 음식이 아깝고 버리기 귀찮아 그걸 입에 털어 넣기도 한다. 요리할 시간에 조금이라도 더 쉬기 위해 냉동실에 둔 레토르트 식품으로 식사를 대체하기 일쑤다. 아이가 낮잠을 잘 때 같이 자라고들 하지만, 그러기엔 그 시간은 내게 너무 귀하다. 먹는 것에, 자는 것에 다 소비하기엔 너무나 아쉽기 때문에, 내 점심(내 첫 끼니)은 내가 좋아하는 슬로푸드와는 거리가 멀어진다. 나는 과민성대장 증후군이라는 것을 안고 살게 되었다.

또한 우리는 아이에게 좋을 것을 입히려고 노력한다. 노력한다기보다는 그렇게 하는 게 본능에 가깝다. 계절이 바뀌어 옷장을 정리할 때마다 깜짝깜짝 놀란다. 무슨 옷을 이리 많이 샀는지, 이렇게 집에서 육아만 하는 내겐 필요도 없는 옷들이 가득하다. 지금 같으면 엄두도 못 낼 값비싼 옷 천지다. 얼마 전 아들의 운동화를 샀다. 잠시 신을 거라는 것을 알면서도 둘째도 신을 수 있을 거라고 애써 합리화하며 비싼 운동화를 샀다. 아이에게 쓰는 것은 전혀 아깝지 않다. 지금이라면 결코 사지 못할 옷들을 덥석덥석 사들이던 과거의 내 철없음에 감사할 지경이다.

내 공간을 소개해보겠다. 그래도 여러 방 중 하나를 내 서재로 만들어놓은 건 참 다행이다. 집 안이 온통 아이의 장난감으로 채워지다 못해 이제 내 서재에까지 아이의 책과 장난감이 밀고 들어오고 있다. 나만의 공간이라고는 잠시나마 아이를 떠나 핸드폰 삼매경에 빠질 수 있는 장소뿐이다. 화장실 변기 위, 그리고 빨래를 널고 나서 잠시 기대 쉬는 베란다이다. 얼마 전엔 널어둔 빨래들을 위로 걷어 올리고, 의자를 가져다 놓고 베란다 한쪽 자리를 차지해 앉아보았다. 살랑살랑 불어오는 가을바람을 느끼며 피자 한 조각과 함께 책 한 권 읽는 호사를 누리기도 했다. 젖은 빨래들이 말라가듯 내 땀과 피로도 쉼을 통해 날아감을 느낄 수 있었다. 음식물 쓰레기를 버리고 나서 잠시 앉아 있는 분리수거장 옆 벤치도 나만 알고 있는 장소다. 합법적인 외출이기도 하지만, 그 외출이 조금 길어져도 눈감아주는 아내가 고맙다.

시간이 흐르면 우리 몸은 늙기 마련이다. 그런데 육아로 인해 우리가 늙어가는 속도는 흘러가는 시간에 제곱으로 비례해 늙어가는 것 같다. 내가 부모님께 아이를 맡길 수 없는 가장 큰 이유이기도 하다. 부모님은 늙음을 최대한 늦출 수 있었으면 좋겠다. 결국 난 이 모든 짐을 나 홀로 짊어지고 가기로 했다. 가장 먼저 팔목이 아프게 되고, 어깨와 허리, 무릎이 아프기 시작한다. 일 년 전 아내가 차던 손목 보호대를 빌려 차고서야, 아내의 손목 통증을 공감할 수 있게 되었다. 옷 입히다가 몸을 심하게 움직이는 아이의 머리에 맞아 얼굴에 멍이 들었으며, 아이 손에 눈이 찔려서

난생처음 안과 진료를 받기도 했다.

다 기록했나 모르겠다. 너무 비약해서 썼는지도 모르겠다. 나는 내가 불쌍하다. 이런 생활을 지속해온 아내의 젊음이 불쌍하고, 우리 엄마와 아빠의 과거도 불쌍하다. 그리고 육아 동지들의 삶도 불쌍하게 여길 줄 알게 되었다. 요즘 나는 자주 운다. 항상 긍정적인 나였음에도, 육아는 나를 이렇게 만들고 말았다. 자기 연민. 너무 깊이 빠지면 안 되겠지만, 누군가에 대한 연민을 몸소 느껴볼 수 있음이 유익하다고도 할 수 있겠다.

시를 품고

하루의 어느 한 토막을 잘라내

어느 한 시(時)는 아빠로서
어느 한 시는 남편으로서 산다.

인생의 어느 한 토막을 잘라내

어느 한 시는 선생님으로서
어느 한 시는 치열한 밥벌이로서 산다.

내 삶의 어느 한 토막 건져내어

어느 한 시는 책에 머물고
어느 한 시는 작문에 내어준다.

이 모든 토막 같은 내 삶에

시.

시 하나만은 늘 품고 살고 싶다.

미안하다

아이가 누워 자는 모습을 보면, 흐뭇한 감정을 넘어 애잔한 감정까지 든다.

방금 전, 거실을 정리하던 중 물이 바닥에 떨어졌다. '미끄러울 것 같으니까, 바로 치울까? 에이 괜찮겠지. 좀 있다가 치우자.' 이런 생각을 하는 찰나에, 아이가 미끄러졌다. 바로 치워줄걸. 내 다리를 잡고 우는 아이를 보니, 내가 다치게 만든 것 같아 미안한 마음이 든다. 얼마 전 아이가 장염에 걸렸을 땐 먹는 것 신경을 더 쓸걸, 하고 자책했다. 감기에 걸렸을 땐 무리해서 외출하지 않았어야 했다고 후회했다.

자고 있는 아이를 보면, 아까 좀더 놀아줄 걸, 좀더 안아줄 걸 싶어진다. 지금껏 느껴본 적 없던 희한한 감정들이다.

"아이 키가 안 큰 게 나 때문인 것(유전) 같아." 아내를 보고 내가 말했다. 아내는 이렇게 답한다. "임신했을 때 음식에 좀더 신경을 썼어야 했어."

아이에게 미안하고 미안하다. 우리는 매일 지금껏 경험해보지도 못한 이상한 감정들에 휘말린다.

코로나 감옥

독박육아는 엄청나게 힘든 일이다. 감옥에 갇혀 있지는 않지만 자유를 박탈당한 구속된 삶이다. 철저하게 아이에게 묶여져 지낼 수밖에 없다. 그게 영유아 돌봄의 기본이다.

게다가 코로나라는 예상치 못한 일로 인하여 우리는 더욱 철저하게 갇힌 신세가 되었다. 물론 이런 상황에도 개의치 않고 자유롭게 행동하는 사람들도 있다. 하지만 아이를 사랑할수록 걱정이 커지는 게 부모 마음인 듯하다. 아이와 긴 시간을 함께하면 할수록 두려운 것이 늘어났다.

나는 보이지 않는 바이러스와 하루하루를 싸웠다. 한동안은 집 밖으로 나갈 수가 없었고, 조금씩 용기를 얻어 겨우 외출하게 되었을 땐 아이 얼굴에 마스크 한 장 씌우려고 갖은 노력을 다했다. 아이는 그런 아빠의 집착에 체념을 배우기라도 했는지 나갈 때는 꼬박꼬박 마스크를 한다.

사실 그것도 슬픈 현실이다. 나가려면 마스크를 써야 한다는 규칙을 조건반사적으로 습득해버린 게 마냥 좋은 건 아니다. 아직 말문이 트이기 전인 아들은 마스크를 씌워달라는 제스쳐를 통해 외출하자는 자신의 의사를 표현한다. 그뿐만이 아니다. 아이가 처음 바라보는 세상은 온통 마스크를 쓴 사람들과, 서로를 경계하는 그 차가운 눈빛들이다. 사람들이 서로 눈을 마주치고 손을 잡고 포옹하는 행위, 즉 우리가 스킨십이라고 부르는 그 몸짓은 어떤 표현보다도 강렬하고 따뜻하다. 하지만 아이는 그것을 경험하지 못한 채 자라나고 있다. 나는 매일 사람 없는 곳을 탐색하고, 사람이 없는 곳만 피해서 다닌다. 그래서일까? 아이는 가끔 집에 사람들(주로 가족)이 오면 매우 반가워한다.

거의 매일 울리는 재난문자의 진동에 매번 가슴이 철렁 내려앉는다. 사회적 거리두기 단계에 맞춰 우리의 육아 반경도 밀접하게 조정이 된다.

이 모든 상황이 씁쓸하고 안타깝다. 사람에게는 '자유'가 공기와도 같은 절실한 것이다. 하지만 육아는 그 자유를 희생할 수밖에 없게 만든다. 여기에 코로나라는 예상치 못한 변수가 더해지면서 우리는 이미 구속된 상태에서 희박하게 남아 있던 자유마저 빼앗기고 말았다. 이 긴 시간을 버텨낸 우리(육아 동지)들에게 격려의 박수를 보낸다. 이 모든 자유의 희생을 경험한 모든 육아 선배님들에게 존경과 경의를 표한다.

귀리라떼

이게 다 코로나 때문이다. 내가 좋아하는 카페도 안 가게 되고, 사람들과의 만남도 최소화(사실 가족 외엔 아무도 만나지 않는다)하고, 가족과 함께 하고 싶은 여행이나 물놀이도 올해는 안 가게 되었다.

답답하다. 하지만 이런 것쯤은 견딜 수 있다. 안 해도 그만이다. 견딜 수 없는 게 있다면, 나를 필요로 하고 내가 필요로 하는 친구를 만날 수 없다는 것이다.

오늘은 내가 만나고 싶어하던 친구가 우리 집 옆의 카페에 와 있다는 연락을 받았다. 여기까지 왔는데, 집으로 초대하지 못하니 안타깝다. 가만히 있을 수 없었다. 냉장고를 털어 복숭아를 한아름 싸들고 하원한 아들을 안고 카페로 찾아갔다.

몇 년 만의 상봉인지…. 뜨거운 여름 태양볕 아래서 우리는 만났다. 비록 땀으로 범벅된 초라한 모습이지만 상관없다. 친구는 내가 건네는 복숭아를 받았다. 친구는 내게 카페에서 주문한 샌드

위치와 귀리라떼를 건넸다. 찰나 같은 시간이 지나가고 나는 아들을 안고 소방서로 향했다. 한 손엔 샌드위치와 귀리라떼를 들고, 다른 한 손으로는 아들과 어린이집 가방을 안고 한참을 걸었다. 아들을 잠시 내려놓고, 귀리라떼 한 모금을 마셨다. 고소하고 진했다. 내 마음에 작은 위로가 차올랐다. 라떼 한 잔에 이렇게나 울컥할 수 있나 싶었다.

코로나가 지나가면 하고 싶은 일들이 많다. 사랑하는 사람들 편안하게 만나서 그들의 이야기를 들어주고 싶다. 내 마음속의 응어리도 거침없이 쏟아내고 싶다. 우리 집 근처 예쁜 카페들을 아내와 함께 하나씩 다녀보고 싶기도 하다. 아들딸, 아버지·어머니와 야외로 떠나고 싶다. 내년엔 일을 마무리하시는 부모님 모시고 제주도에 놀러 가고 싶다. 선생님 보고 싶다며, 꼭 한번 만나자고 연락해오는 제자들에게 늙어가는 내 얼굴을 보여주고 싶다. 그들의 커가는 성장담을 들어주고, 선생님의 치열한 육아 현장도 공유하고 싶다.

괜찮다. 지금의, 절제로 채워지는 이 삶도 괜찮다. 자유로운 순간이 온다 하더라도, 오롯이 다 누려서 소모하기보다 영혼을 위한 절제의 삶을 꾸준히 살아내고 싶다. 바로 귀리라떼 한 잔이 주는 그 풍성함을 더 깊고 진하게 누리기 위하여….

나의 소원

가족과 오롯이 함께한 시간이
어느덧 4개월이 되어갑니다.

반복되는 일상
특별할 것도 없는 하루하루가,
의미를 찾아 나선 내 삶을
우울의 늪으로 이끄는 것만 같습니다.

새날을 기대하는 마음으로 잠들기보단
내일도 같은 날의 반복이라는 것이
내 영혼의 소망을 앗아가는 것 같기도 합니다.

바깥 세상과는 다르게 흘러가는 것만 같은
이 공간 속에
나는 멈춰 있는 것만 같습니다.

이런 생각을 하며
잠시 멍하게 앉아 있는 나를 바라보는
아이의 해맑은 웃음이
결국엔 미안함의 눈물이 터집니다.

이러한 일상을 일 년간 혼자 버텨낸
아내의 마음을 공감하기 위해
이 세계에 야심차게 들어왔지만
아내를 공감하기는커녕,
내 영혼의 곤고함만 생각하는
이기적인 나를 발견합니다.

하루하루를 이렇게 버텨가는 우리에겐
작은 소망이 하나 있습니다.

이 봄이 다 가기 전,
두껍디두꺼운 추리닝을 벗어던지고,
환한 옷차림으로 따뜻한 햇살 맞으며 바다를 향해
달려가고 싶습니다.

그리고 도달한 어느 카페에 앉아,
하얀 거품 드러내는 작은 파도를 한없이 바라보며
사랑하는 그대와 오롯이 한나절
같이 있고 싶습니다.

이 힘겨운 여정이
깊은 사랑의 도착지로 나를 이끌어줄 수 있기를
기도합니다.

월요일병

육아에 잠겨 살다 보면 오늘이 오늘인지, 어제인지 헷갈릴 때가 있다. 오늘이 무슨 요일인지 며칠인지는 모르며, 그저 계절의 어디쯤 되는가 보다 하며 살아간다. 그런 육아의 사이클에도 일반인과 동일하게 존재하는 것이 있는데, 바로 월요일병이다. 온 세상 모든 이에게 존재한다는 그 월요일병. 예전에는 주말의 끝을 알리는 개그콘서트 엔딩송과 함께 월요일병이 시작됐다. 그 밤엔 우울하고 초초한 시간을 보냈던 것 같기도 하다. 여하튼 그 월요일병은 육아하는 우리도 결코 피할 수 없는 지독한 질병이다.

나에겐 주말이나 평일이나 매한가지. 주말에는 보조 양육자(우리 집은 아내)가 집에 있으니 육퇴도 꿈꿔볼 수 있고, 잠시 외출도 상상해볼 수 있겠지만 전혀 그렇지가 않다. 아내는 홀몸이 아니다. 나에게 육퇴를 허락할 수 있는 몸 상태가 아니라는 말이다. 주말에는 엄마한테 떨어지지 않으려는 아들을, 애써 엄마에게 떨어뜨려 단둘이 산책을 나온다.

그래도 그런 주말이 기다려지는 이유는, 조금은 늦잠을 잘 수 있기 때문이다. 아이는 엄마가 옆에 계속 누워 있으면 이상하게 깨지 않는다. 평소 같으면 7시 30분쯤 깨는 아이가 엄마가 옆에 같이 자고 있으면 한 시간은 더 자는 것 같다. 그 한 시간이 나에겐 주말버프라고도 할 수 있다.

나는 평소 말이 많은 편이지만, 그만큼 상대방의 말을 잘 들어주기도 한다. 그런데 어느 때부터인가 일방적으로 내 말만 하는 사람이 돼버렸다. 최근엔 육아 동지에 집에 놀러갔는데, 내가 어지간히 말이 많았던지 돌아오는 길에 아내가 핀잔을 줄 정도였다. 평소에 아빠, 맘마, 엄마, 아들아 같은 제한된 단어 사용으로 내 입은 거미줄을 치고 있는 상태다. 그렇다고 어린 아들에게 시시콜콜한 내 이야기를 다 할 수는 없지 않은가? 물론 아이가 말은 대충 알아듣지만, 그 녀석이 들으면 안 되는 말이 대부분라 내 말을 들어줄 사람이 절대적으로 필요한 것이다.

그래도 약간의 시간이 더 주어지고, 말이라도 섞을 수 있는 동지가 있어서 주말은 주말이다. 그뿐이겠는가? 그래도 뒤로 피할 수 있는 길은 마련해놓고 싸우는 기분이랄까? 앞뒤가 꽉 막힌 진퇴양난의 전쟁이 평일이라면, 그래도 주말은 도망갈 길이라도 있는 상황에서 싸우는 거라고 하면 이해가 될까? 무엇보다 우리 가족이 완전체로 존재하는 주말이기에 나에겐 평일보다야 훨씬 나은 것이다.

서로가 부럽다

요즘 아이가 자꾸만 한눈을 판다. 자기를 이 세상에서 가장 사랑해주는 아빠를 두고 다른 곳으로 아이의 눈길이 향하는 것을 나는 느낀다. 아이의 시선이 향하는 곳은 바로 어린이집이다. 산책할 때 어린이집 아이들과 선생님에게서 좀처럼 눈을 떼지 못하고 있다. 때론 선생님 주변에 모여 있는 아이들 틈으로 가서, 함께 무슨 설명을 듣기도 한다.

아이에게 참 잘해주려고 노력했다. 재밌게 해주려고 무진장 애썼다. 처음에는 어린이집에서 나온 비슷한 또래의 아이들 무리를 보면, 안돼 보이기만 했다. 기계처럼 선생님을 따라다니기만 하는 것 같아서다. 활발함과 자유로움이 통제된, 억압된 모습만 내 눈에 비쳤다. 하지만 요즘은 전혀 다르게 보인다. 힘들 텐데도 시종일관 웃으면서 아이들을 대하는 선생님들의 온화한 미소와, 그 안에서 다듬어진 아이들의 성장한 모습이 눈에 들어온다. 친구들끼리 손잡고 잔디밭을 거니는 모습은 어른인 내가 봐도 부럽다.

'아이는 얼마나 친구가 그리울까?'
'새로운 공간이 얼마나 고플까?'

이제 아빠와의 시간도 넉 달 정도밖에 남지 않았다. 넉 달 후면 원하건 원치 않건 아이는 타인의 손에 맡겨져야 한다. 요즘은 산책할 때, 일부러 아이가 다닐 어린이집을 돌아본다. 신기한 장난감과 그림이 가득한 곳, 친구들의 발걸음이 향하는 그곳을 아이는 하염없이 바라본다.

'너 막상 어린이집 다니게 되면 아빠가 너무나 그리울걸?'
'아빠, 나 막상 어린이집 가게 되면 내가 너무나 그리울걸?'

이 두 음성이 동시에 나에게 들려오는 듯하다. 아이는 어린이집을 다니는 친구들이 부럽고, 나는 아이를 어린이집에 보내는 육아 동지들이 부럽다. 하지만 거꾸로 어린이집 다니는 아이들은 집에서 아빠랑 노는 우리 아이가 부러울 것이고, 아이를 어린이집에 보내야만 하는 부모들은 직접 키울 수 있는 내가 부럽기도 할 것이다. 그렇게 우리는 서로를 부러워하며 이 시간들을 지나가고 있는지도 모르겠다.

역지사지

일 년 전쯤이었을까? 아기를 데리고 후배네 집에 놀러 갔었다. 초인종을 누르려는데, 문 앞에 이렇게 쓰여 있는 문구를 보았다. '아이가 자고 있으니, 초인종을 누르지 말아주세요.'

결국 우리는 노크를 하고 조용히 집에 들어갔다. 솔직히 속으로는 이렇게 생각했다. '극성이네, 극성! 초인종 소리가 얼마나 크다고. 아기가 좀 깨면 어때서!'

그로부터 일 년의 시간이 지났다. 아이가 모처럼 아침잠을 길게 자준다. 아내나 나나 눈을 떴으나 몸은 움직이지 않았다. 둘 다 무언의 메시지를 서로에게 날리고 있었다. 그렇게 조용한 평화가 찾아온 그 아침, 아파트 관리실에서 방송을 시작한다. 한 시간쯤 은 주어질 거라 생각했던 꿈같은 시간이 산산조각이 나고 말았다. 일 년 전 그 후배네 문에 붙어 있던 문구가 생각이 난다.

혼자 아이를 키워보니 독박육아했던 아내의 심정이 이해가 된다. '아이를 왜 야무지게 못 키워?', '너무 오냐오냐 하는 거 아냐?' 내심 마음속으로 손가락질했던 경솔한 지적들이 고스란히 나에게로 향한다. 혼자 키우는 시간이 흐를수록 아들에게 주도권이 넘어간다. 왜 오냐오냐 할 수밖에 없는지 온몸으로 체험 중이다. 어디 그뿐이랴. "안 먹으면 그냥 냅둬. 억지로 먹이지 마." 말이 쉽지, 참 어렵더라. 안 먹으면 이후에 아이가 배고파 얼마나 예민해지는지, 가슴에 안고 악착같이 먹이려는 엄마의 심정이 백번 이해가 되더라.

아이가 잠을 깼을 때의 그 가슴 덜컹거림, 내가 10분 늦게 퇴근했을 때 아내의 살벌한 예민함, 아이 낮잠을 깨우는 이 모든 얄미운 소리들, 아이에게 끌려 다닐 수밖에 없는 양육자의 사정, '이론상 정답'만이 있을 뿐 절대 이론대로 되지 않는 상황들. 나는 이 모든 걸 홀로 경험하고 나서야 알게 되었다. 세상 모든 엄마들의 애환을 아주 조금이나마 이해할 수 있게 되었다.

몇 개월이에요?

육아 동지를 만나면 괜스레 반갑다. 때론 나보다 연배가 훨씬 많은 할머니·할아버지와도 동지가 되고, 내 또래 엄마·아빠나 심지어 나보다 어린 이모·삼촌들과도 동지가 된다. 우리의 인사법은 여타 다른 사람들과는 차이를 보인다. 영어로는 'How do you do?', 우리말로는 '안녕하세요?'와 같은 초면에 나누는 일반적인 인사는 거의 생략이다. 우리는 본론부터 들어간다.

"몇 개월이에요?"

사실 이 인사는 '잘 지내지?' '밥 한번 먹자'와 같은 인사치레일 수도 있다. 하지만 당사자의 내면을 조금만 깊이 들여다보면, 이 질문에는 뼈가 있다. 분명 자기 아이와 비슷해 보이는데 상대쪽이 더 잘 걷는다거나 키가 더 크다거나 말을 더 잘할 때 부러움으로 묻는 질문일 수 있다. 동지의 아이가 우리 아이보다 개월 수가 빠르다고 하면, 부모는 안도한다. '그래, 저 정도 개월 수니 그렇지.' 하지만 우리 아이랑 개월 수가 같거나 더 짧은데도 우리 아이보다 조금이라도 빠르게 성장하고 있는 것으로 보이면 우리는 한걱정 끌어안게 된다. '우리 아이는 언제 걷지?' '우리 아이는 언제 저렇게 말하나?'

같은 나이라도 개월 수에 따라 그 성장 속도가 천지 차이다. 예전처럼 1, 2월에 태어난 아이들이 초등학교에 조기 입학하는 일도 이제는 없다. 같은 해에 태어났어도 생일이 늦은 아이는 어느 정도 자랄 때까지 또래들 사이에서 치이는 시기를 겪기도 한다. '몇 살이에요?'가 아니라 '몇 개월이에요?'라는 질문에는 매우 중요한 디테일이 함축돼 있는 것이다.

'몇 개월이에요?'에서 '몇 살이에요?'로 바뀐 질문을 받게 되는 때가 어서 오면 좋겠다. 그때가 되면 아이는 어느 정도 제 앞가림은 할 수 있겠지? 그렇게 세월을 살다 보면 사회적 나이인 '몇 학년이에요?' '결혼했어요?' '애가 몇 살이에요?' 같은 질문들을 받게 되는 때도 오겠지.

냉온탕 반복의 나날들

어젠 정말 힘든 하루였다. 감기 몸살에, 두통까지…. 몸은 아픈데 피할 길이 없었다. 아빠의 상황을 두 살 먹은 아이가 알아차려주는 그런 기적은 없었다. 밥도 안 먹고 주스만 마시려고 떼쓰고, 아빠가 정리해놓은 집안일들은 원상 복귀시켜 놨다. 아기 낮잠 재우고 집 정리하고, 3시가 돼서야 첫 끼니를 입에 넣을 수가 있었다. 그렇게 첫 끼니인 빵을 한입 베어 먹는 순간 아이가 깨고 말았다. 아침에 한 시간 더 자준 것을 소급이라도 하듯이 말이다. 철저히 계산적인 녀석이다. 이런 내 상황을 아는지 모르는지 아내는 집에 늦게 왔다.

여기까지만으로도 난 충분히 힘들었다. 하지만 여기서 끝이 아니었다. 내가 먹다 만 우유를 아이가 쏟고 말았다. 쏟은 우유 닦는 거야 일도 아니지만, 우리 아들에겐 유제품 알레르기가 있다. 먹지도 않았고 손에 살짝 묻었을 뿐인데, 온몸에 두드러기가 올라왔다. 바로 손을 씻겼는데도 말이다. 즉시 병원으로 달려갔다. 오늘따라 대기하는 아이들이 많아 간신히 진료를 받았다. 의사 선생님으로부터 절망적인 이야기도 들었다. "어린이집 보내기도 쉽지 않을 것 같네요. 세 돌까지는 웬만하면 직접 키우세요."

'세 돌이라니… 내년엔 어쩔 수 없이 보내야 할 줄 알았는데….' 고민이 깊어진다.

어제는 그렇게 하루가 지나갔다. 내 몸과 마음은 만신창이가 되어 파김치처럼 축 늘어졌다. 그때 아이의 입에서 '아빠'라는 단어가 나온다. 할 줄 아는 단어라곤 '엄마, 아빠'뿐이고, 그중에서도 줄곧 '엄마엄마'만 하던 녀석이 어젯밤엔 '아빠아빠'를 계속해주었다. 듣기 좋은 말 한마디가 모든 힘듦을 상쇄시키고도 남았다.

오늘도 별다를 바가 없다. 여전히 내 몸 상태는 아프고, 두통은 어제보다 더 심하다. 아이도 여전하다. 외출 중에 마스크를 끊임없이 내던지고, 유모차는 타지도 않고 안기려고만 한다. '1818' 소리가 나와서 18개월이라는데, 차마 그 말은 입에 담을 수가 없다. 오늘도 어김없이 너덜너덜해지고 말았다.

그렇게 힘든 시간을 보내고 나서의 점심 식사. 아들 녀석 밥 먹이는 것도 쉽지 않은 일이다. 그런데 웬일? 반전이 시작됐다. 평소에는 한 숟가락 입에 넣기 힘든 아이인데, 자기 숟가락과 손가락으로 밥과 반찬을 싹 다 비웠다. 심지어 멸치를 리필까지 해서 줬는데 다 먹었다. 처음 있는 일이다. 실로 역대급이다. 이 기특한 행동 하나로 오늘도 모든 괴롭힘을 용서하고야 말았다.

내 감정은 하루에도 수십 번씩 업 다운을 반복한다. 냄비같이 들끓었다가, 한순간에 차갑게 식기도 한다. 용광로에 철을 재련하듯이, 나 또한 그 뜨거운 용광로와 차가운 냉탕을 반복해서 드나든다. 나를 끓게 만드는 일 수십 번에, 그것을 단번에 식히는 일 어쩌다 한번. 이렇게 열이 오르다 내리다 하다 보면 나도 철처럼 단단한 내면을 가진 부모가 될 수 있을까 기대해본다.

아이가 벌어다 준다

나는 결혼 전, 내 나이만큼의 연수를 가지고 있는 집에서 살았다. 오래된 집이 다 그렇듯 춥고 어둡다. 오래 묵은 먼지와 벽지 구석구석에 피어난 곰팡이는 덤이다. 특히 겨울이 참 힘들었다. 기름 값이 한참 비쌀 때, 우리는 보일러를 끄고 전기장판에 의지해 살았다. 입김이 하얗게 나오는 집 안에서 아빠와 엄마는 두꺼운 패딩을 껴 입고 지내셨다. 작은 아파트에서 살아보는 것이 꿈이라고 엄마는 입이 닳도록 말씀하셨다.

결혼하고 엄마의 꿈을 내가 대신 이뤄버렸다. 이전에 살던 집과는 전혀 다른 깔끔한 새집이다. 외풍도 없다. 볕도 잘 들어온다. 이곳에서 나와 내 아들은 등 따숩게 살고 있다. 갑자기 추워진 이 늦가을 날씨를 전혀 못 느낄 만큼 안락하다. 내복 하나 입고, 배를 내민 채로 잠들어 있는 아들의 모습을 보면 매번 뭉클하다. 그 힘들었던 겨울 추위를 이 아이는 경험하지 않을 수 있음에 감사했다.

나는 이 집이 얼마 정도 하는지조차 몰랐다. 전혀 관심이 없다고 하면 거짓말이겠지만, 거의 관심이 없다. 우리 집이 이렇게나 올랐다는 것도 지인으로부터 알았다. 그냥 우리 가족 춥지 않고, 따뜻하고 안락하게 살 공간이면 충분하다 생각했다. 그렇기에 우리가 매달 내는 대출 원리금 등은 행복을 위해 지불하는 적금과도 같았다. 나는 주식도 모르고, 투자는 더더욱 관심이 없다. 정직하게 대출 갚으며, 그토록 원했던 따뜻함을 가족이 누리면 그걸로 족하다.

오늘은 희소식이 날아 들어왔다. 이 집을 살 때 받을 수 있었던 혜택 중 하나가 디딤돌 대출이라는 국가 차원의 대출 제도였다. 아주 낮은 금리로 많은 돈을 부담 없이 빌려줬다. 이것도 감사한데, 자녀가 있다고 추가로 우대금리를 적용해준다는 것이다. 감사했다.

사실 아들이 벌어오는 것이 꽤 많다. 양육수당, 육아수당, 전기세 감면, 자동차 보험료 인하. 그뿐만 아니라 양가 할머니 할아버지로부터 뜯어내는 여러 용돈들까지. 최소 자기 기저귀 값, 과일 값 정도는 아이가 벌어다 주는 것 같다. 그것도 모자라 이런 혜택까지 받다니.

'아이야, 너 하나 찾아와 준 것만으로 아빠 엄마는 세상을 다 가진 기분이란다. 벌어다 주면 고맙지만, 굳이 안 그래도 돼.'

SNS, 너마저

'카톡 프사'(카카오톡 프로필 사진)는 그 계정 주인의 성향과 라이프 스타일과 그밖의 많은 것을 대변해준다. 어떤 이는 무심하게 그 자리를 비워두고, 어떤 이는 자신의 아름다움을 드러내고, 어떤 이는 자연을 담아내고, 또 어떤 이는 자신만의 취미나 특기를 자랑한다. 그곳에 게시하는 것은 자기를 드러내는 행위이자, 내 삶의 아름다움을 벗들에게 소개하고자 함일 것이다. 나 또한 그랬다. 결혼하기 이전의 내 그곳은, 나 개인 생활의 즐거움을 드러내는 공간이었다. 내가 만난 아름다운 자연을 담아내기도 했고, 내가 좋아하는 자전거나 야구를 소개하는 곳이기도 했다. 그러나 어느 순간부터 그곳은 내 삶의 아름다운 영혼을 담아내는 공간으로 탈바꿈하기 시작했다. 내 삶의 아름다운 그것. 바로 자녀다. 이 세상 그 어떤 것보다 아름다운 이, 다 담아낼 수도 없지만 그 숱한 몸짓과 표정을 담아 매 순간 그곳을 바꾸고 채워가기 시작한다.

우리도 모르는 사이, 그 공간이 아이의 공간으로 채워지고 있다. 이런 변화가 비단 나뿐이겠는가? 지금도 친구들의 그 공간을 확인해본다. 그들 또한 그들 삶에서 가장 소중하고 아름다운 이들(자녀들)의 사진으로 그 공간이 채워지고 있음을 발견한다.

내 얼굴책(F…book) 친구들로부터 연락을 받는다. "네 아들을 내가 함께 키우고 있는 것 같다." 내 아들을 한 번도 본 적이 없는 이들마저, 아들의 모습을 숱하게 올리는 나의 습관으로 말미암아 아들의 성장 소식을 원하건 원치 않건 매일 접하고 있다.

그렇게 우리는 나를 자랑하고 나를 내세웠던 공간들에, 이제 싹이 나고 움이 터가는 내 다음 세대인 주니어들을 자랑하고 내세우고 있는지도 모르겠다.

엄마의 존재

7시 30분. 아내가 일어난다. 그 시간이면 나는 이미 내 시간을 두 시간이나 가진 상태, 즉 내 영혼이 충만한 상태다. 아내는 일어난 지 이십 분 만에 모든 준비를 마치고 7시 50분에 집을 나선다. 이십 분 만에 모든 것을 준비하다니, 엄마의 준비 시간은 엄마이기 전의 그것보다 획기적으로 짧다.

엄마가 출근하는 시간을 아이는 귀신같이 안다. 아내가 복직하면서 첫 일주일간은 아이가 자고 있을 때 몰래 출근했다. 아이가 깨고 나면, 엄마는 곁에 없었다.

자신이 잠든 사이, 엄마가 어디론가 떠난다는 것을 오감으로 느낀 아이는 그 시간만 되면 눈을 뜬다. 그리고 엄마의 존재를 확인한다. 그래서 아내는 아이가 깰까 봐 7시 30분까지 옆에 누워 있다. 아내의 증언에 따르면 이렇다. 7시 10분쯤이 되면 아이는 실눈을 하고 옆에 엄마의 존재를 확인한다고 한다. 엄마가 옆에 누워 있다는 것을 확인한 아이는 다시 눈을 감는다. 이때 잠이 깊이 들면 8시 반까지도 자게 되는, 즉 나로서는 모닝커피 한잔 내려 마실 수 있는 시간이 허락되는 셈이다.

엄마가 좋아, 아빠가 좋아? 하루에도 서너 번씩 아이에게 묻는다. 백이면 백 엄마라고 정확하게 의사 표현을 한다. 자신을 하루 종일 키워주는 아빠에겐 다소 서운할 수 있으나, 지난 일 년간의 시간들을 되돌아보면 서운한 감정이 사라진다. 지난 일 년간 아내는 완유를 했다. 14개월을 아내와 아이는 모유로 엮어져 있었다. 둘은 분명 본능적으로 묶여진 관계임이 틀림이 없다. 내가 비집고 들어가기엔 그 애착 연결고리가 너무나 강하다.

오늘도 일어나자마자 아이는 실눈으로 엄마의 존재를 확인했다. 그리고 다시 일어난 아이 앞에 그리운 엄마의 존재는 떠나고 없었다. 대신 다소 투박한 아빠의 두 손이 자신을 향해 달려오고 있었다. 아이는 고개를 가로저으며 엄마를 찾았다. 울지는 않는다. 엄마가 보고 싶은데 잘 참는 아들이 짠하다. 그 짠한 마음이 오늘의 육아를 시작하는 내게 다부진 마음을 가져다준다.

아빠의 친정

잠시라도 육아를 벗어나 쉬고 싶을 때가 있다. 집을 떠나 커피숍이나 도서관 같은 나만의 공간을 찾아가 보기도 한다. 하지만 코로나 때문에 이런 곳은 발길 끊은 지 오래, 그나마 잠시 쉬다 올 수 있는 곳 하면 친정집이 아닌가 싶다. 지난주에 아기 데리고 시골집을 찾았다. 오랜만에 손주를 보는 할머니, 할아버지는 그 반가움을 숨기지 못하신다. 하지만 그 기쁨도 잠시, 아이 보다가 두 분도 지치신다. '손주는 오면 반갑고, 가면 더 반갑다'고 했던가? 힘들어하는 두 분을 뒤로하고 집으로 돌아와야만 했다.

오늘 나는 친정보다 더 친정 같은 곳을 또 방문했다. 일주일에 평균 두어 번은 가는 것 같다. 그곳에 가면, 아이 친구가 있다. 평소 집에만 있던 아이에게 다른 공간과 많은 장난감은 새로운 자극이 된다. 무엇보다 이곳에 가면, 내가 편안하다. 세상 편안한 후배는 나를 안마의자에 앉힌다. 그러곤 본인이 즐겨보는 먹방 유튜브를 손에 쥐여준다. 나는 그렇게 편안하게 안마를 받으며 유튜브를 보는 호사를 누린다.

그뿐만이 아니다. 저녁도 해결된다. 아들은 어느 때보다 맛있게 저녁을 먹는다. 평소 먹지 못한 각종 음식이 우리를 위해서 차려진다. 오늘은 어디서 사 왔는지, 꽃등심을 여러 차례 구워서 입에 넣어준다. 꽃등심 애피타이저에 이어 부대찌개가 등장하고, 진한 커피와 시원한 에이드 음료까지 나왔다.

육아로 힘들어하는 내 이야기를 들어준다. 그냥 들어주는 게 아니라 공감해준다. 그들의 공감은 먼저 경험한 자로서 함께 느껴주는 진정한 공감이다. 나보다 앞서 육아휴직을 했던 후배의 공감은 그 어떤 공감보다 위로가 된다. 배를 든든히, 마음은 편안히 하고 나면 이제 집으로 돌아갈 시간. 힘이 빠진 뽀로로 풍선에 헬륨가스를 가득 충전해준다. 아들의 한 손에는 다시 살아난 뽀로로 풍선이 들려져 있다. 다른 손에는 아들이 좋아하는 사자와 호랑이 인형이 있다. 우리는 그렇게 뿌듯한 기분으로 함께 돌아왔다.

집에 온 나는 아이 씻기는 것 외에는 그 어떤 일도 할 필요가 없다. 한 주간의 독박육아로 거의 번아웃 직전 상태였다. 이번 주는 어떻게 버텨야 할지 심히 두려웠던 오늘. 친정보다 더 친정 같은 후배네 집 방문으로 나는 새 힘을 얻었다. 이 고마움을 무엇으로 보답해야 할지 모르겠다.

육아의 언어

어느 부장님이 회의 중에 불같이 화를 내셨다. 회의 내내 분위기는 어두웠고 무거웠다. 마침내 회의가 끝나고, 좀 전에 길길이 화를 내던 부장님이 직원들을 향해 이렇게 말한다. "그럼 우리 이제 맘마나 먹으러 갑시다."

부장님이 미친 게 아니다. 부장님의 의식과는 상관없이 습관적으로 육아의 언어(맘마)가 튀어나온 것이다. 그 한마디가 사무실의 무거운 공기를 단숨에 걷어내주었다는 얘기다.

언어는 삶을 지배하고 인생을 대변한다. 잠시 나눈 몇 마디의 언어 속에서 상대가 살아온 삶과 그 결을 조금은 눈치 챌 수 있다.

오늘은 아내가 학교에서 수업을 하다 자신도 모르게 육아의 언어를 뱉고 말았다고 했다. '선생님이~' 하고 시작해야 할 말이 '엄마가~'라는 주어로 툭 튀어나왔다고 한다. 아내의 이야기가 크게 놀랍지 않았다. 나에게 그런 혼돈은 자주 있는 일이니까.

오랜만에 만난 지인과 카페에서 대화를 나누다가, 잠시 화장실 좀 다녀오겠노라고 양해를 구하려고 했다. 분명 그랬다. 하지만 내 육체를 지배하고 있는 육아의 언어가 툭 튀어나오고 말았다. "쉬 좀 싸고 올게." 상대 또한 육아를 경험한 사람이었기에 나의 실수를 거리낌 없이 받아주었다.

응가, 쉬, 맘마와 같은 일상의 언어에서 육퇴, 완모, 직수, 자분, 영유, 재접근기, 대근육, 소근육과 같은 전문 언어까지 우리는 그 모든 언어를 치열한 육아의 현장에서 체험으로 습득하고 있다. '아아' '얼죽아' '아샤츄' '플렉스'와 같은 말은 이제는 알아들을 수도 없다. 젊은이들의 언어에는 그들만의 문화가 녹아져 있다. 마찬가지로 육아를 책임지는 사람들도 우리만의 특유한 언어를 사용하고 있으니 다른 사람들과 구별된 하나의 세대와 종족으로 칭해주면 좋을 듯하다.

'IC 사피엔스'라고 하면 어떨까? 'Infant Care 사피엔스' 말이다.

삼촌 최고

아이가 말이 많이 늦었다. 코로나로 인해 사람과의 대면이 적었을 뿐 아니라, 마스크로 인해 입모양을 보지 못해 아이들의 언어 발달이 더디다고 한다. 우리도 아이의 언어가 쉽게 열리지 않아 걱정을 많이 했었다.

아이의 언어는 자기의 마음 표현부터 시작됐다. 좋아하는 것, 싫어하는 것을 표현하는 것에 있어서는 적극적이었다. 언어로 표현이 안되니, 몸으로 설명하기까지 했다. 어린이집에서는 그 모습이 귀여워서, 선생님들이 시안이 동작을 보고 서로 맞추기 시합을 했다고 했다.

부모인 우리의 마음을 걱정시키지 않고, 때에 맞게 말을 잘 했다면 느껴보질 못했을 감사의 마음이 매일 피어오른다.

"싫어." "나중에 할래요."

미운 네 살의 언어도 우리에겐 소중했다.

"우와!" "멋져." "최고!"

아이의 감정 표현은 우리의 마음을 녹여준다.

얼마 전 어항 속 물고기를 구경시켜 준 삼촌에겐 우리도 한 번 못 들어본 '최고'라는 단어를 사용했다. "삼촌 최고!" 물론 부끄럼 많은 아이는 삼촌 앞에서는 표현 못 하고, 차에 와서야 그 마음을 표현했다. 뼈를 갈아서 놀아주는 아빠에겐 "아빠 좋아."라고 해주었다. 코로나로 갈 곳 없는 와중에 머리 굴려 놀러 간 곳에서는 "아빠, 재미있어요." 하며 나를 위로할 줄도 안다. 문득문득 튀어나오는 아이의 언어에 우리의 온 피로가 사르르 녹는다. 하루 아니, 한순간도 못 쉬고 달려온 육아의 시간에도 그렇게 꽃은 피어난다.

잠들기 직전. 엄마랑 아이랑 나누는 오늘의 대화도 육아의 피로를 날려주기에 충분하다. "엄마, 오늘 신났어요." 타요 만화에서 배운 건지, 책에서 배운 건지 알 수 없는, 가르치지도 않은 존댓말 사용에 우리는 동그래진 눈으로 서로를 쳐다보았다.

애 맡기기

예민한 우리 아들은 우리 곁을 떠나본 적이 없다. 어디에 잠시도 맡길 수 없는 예민한 아이 덕에 우리는 꼼짝없이 아이와 딱 붙어 지냈다. 아이가 백일 땐가, 아직 인지도 못할 시기였는데, 엄마 집에 맡기고 둘 다 출근을 했는데, 어찌나 심하게 울던지 결국 조퇴하고 데리러 갔던 기억이 난다. 그 이후론 아이를 누군가에게 맡겨본 적이 없다.

할머니, 할아버지가 집에 놀러 오셨다. 아이는 낮잠 잘 시간이 되었고, 할머니 할아버지는 가실 때가 되었다. 아이는 낮잠 자기가 싫었는지, 더 놀고 싶었는지, 할머니 할아버지를 따라나선다고 했다. 나와 아내는 의아했다.

"할머니 집에서 놀다 올래?"

"응!"

'그래? 그럼 한번 가봐.'

아이 옷을 입히고 정말 같이 보내봤다. 설마설마 했는데, 정말 따라나선다. 처음에는 엄마 아빠랑 같이 가자고 하더니 한참을 망설이다가 빠이빠이를 하고 문을 나선다. 설마. 정말 이렇게 가는 것인가?

그렇게 아이는 할머니·할아버지를 따라나섰다. 둘째를 재우고, 너무나도 조용한 집에 단둘이 앉았다. 믿기지가 않았다. 어색하다 못해 낯설었다. 그렇게 한 시간을 보내고, 둘째를 깨워 첫째를 데리러 갔다. '정말 잘 놀고 있을까?'

문을 여는 순간 환하게 웃으며 우리를 맞이하는 첫째를 안았다. 앞으로도 조금씩 우리의 손을 벗어나야 할 아들. 예행연습이었는데도, 마음이 참 애잔했다.

어린이집 상담

어젯밤에는 잠이 오질 않았다. '내일 뭐 입고 가지? 그냥 난 가지 말까?' 여러 생각들이 스쳐갔다. 새벽부터 일어나 미뤄왔던 면도를 했다. 어차피 마스크 쓰면 보이지도 않을 터, 그래도 외출은 외출이니까 단장해본다. 추리닝에 파묻혀 지냈던 세월들을 뒤로하고, 먼지 쌓인 재킷을 꺼냈다. 안 차던 손목시계도 찼다. 오랜만에 향수도 살짝 뿌려본다. 아이 어린이집 상담 가는 것에 왜 내가 이렇게 신경 쓰고 있는지 모르겠다.

말끔히 차려입은 아빠의 모습이 아들 눈에는 많이 어색한가보다. 낯선 눈빛으로 나를 자꾸만 쳐다본다. 어린이집 문을 열자마자 원장님이 마중을 나와 주셨다. "시안아, 안녕?"

아이 이름을 불러주는 선생님이 고마웠다. 지나치다 싶을 정도의 친절을 받으며 상담실로 들어갔다. 아이는 새로운 환경이 신기했는지, 여기저기에 호기심을 보이기 시작한다. 상담은 아내에게 맡기고 나는 아이와 미끄럼틀 타고, 장난감도 가지고 놀았다.

주 양육자는 나이지만, 어린이집에서는 아내에게 주 양육자로서의 상담권을 양보했다. 내 귀는 아내와 원장님 쪽으로 가 있다.

"아이가 활발하네요."

'아, 시안이 활발한가? 낯가림 심하고, 내성적인 아이인 줄 알았는데….'

"처음 어린이집에 오면 보통은 엄마 옆에 딱 붙어 있는데, 시안이는 호기심이 참 많네요."

맞는 말인지는 모르겠지만 원장님의 이야기에 기분이 좋아진다. 아이는 이 반 저 반을 돌아다니며 관찰하고 또 관찰했다. 이 공간이 마음에 드는가 보다. 공부하고 있는 누나·형들 반에 특히 관심이 많다. 하긴 이렇게 많은 아이들을 보는 건 처음이다. 아내는 우리가 걱정하는 알레르기에 관해서도 원장님과 충분히 이야기 나누었다. 사십여 분 정도의 상담이 끝나자, 아들이 엄마에게 가 안긴다. 뭔가 안심이 된다. 앞으로 이 좁은 공간에서 갇혀 지내야 한다니 걱정도 된다. 넓은 공간을 뛰어다녔던 아이인데, 안쓰럽기도 하다. 상담을 마치고 나오면서 바로 어린이집 앞 놀이터를 접수했다. 이곳 미끄럼틀은 어떤지 맛을 좀 봤다.

"다음에 또 올까?"

아이는 말은 못 하지만 고개를 끄덕인다.

'아들 잘할 수 있겠지? 아빠, 걱정 안 해도 되지?'

이제 아이가 자꾸만 내 손에서 빠져나간다. 아빠가 되고 나서 나는 지금껏 느껴보지 못했던 참 이상한 감정들을 자꾸만 경험하고 있다.

첫 등원

아들은 낯을 아주 많이 가린다. 내가 그렇고 아내도 그런 성격이라 아들 역시 그런가 보다. 어린이집에선 엄마 다리에 꼭 붙어 있다고 한다. 예민하고 눈치도 빠르다. 벌써 본인이 맡겨진다는 걸 눈치채고 있는 것 같다.

오늘은 시안이가 엄마 없이 어린이집에 혼자 맡겨지는 날이다. 적응 기간이라 고작 삼십 분 정도만 떨어져 있는 건데도, 아내와 나는 긴장이 되었다. 아들은 평소와 다르게 어린이집 앞 놀이터를 생략하고 당당하게 어린이집으로 곧장 가서 스스로 문을 열었다고 한다. 그런데 그 당당함은 낯선 얼굴의 선생님을 보고는 바로 사라져버렸고 다시 엄마 다리에서 떨어지지 않았다고 했다. 아이 엄마가 애써 아이를 선생님께 떼어놓고 뒤돌아 나오는데 아이도 울고 엄마도 울었다고 했다. 아이가 나올 때까지 벤치에 앉아 울고 있는 아내한테 전화를 걸었다. 우는 아내에게 웃으면서 괜찮다고 위로하다가, 나도 같이 울었다. 이게 뭐라고 참. 왜 이렇게 눈물이 나는지 모르겠다.

등원 차량이 완전히 떠날 때까지, 그 자리를 먼저 떠나는 부모는 단 한 명도 없다. 엄마들 애가 탄다. 우리도 다르지 않다. 마치 모세가 테바(갈대상자)에 떠내려가는 것을 요게벳이 보듯, 우리도 그렇게 떠나는 아이를 본다.

키운 정

아이를 어린이집에 보낸 뒤, 아내와 나는 이런저런 걱정과 고민에 발을 동동 구르고 있다. 적응기간이라 한두 시간만 버티면 된다지만, 다른 사람 손에 맡겨본 적이 없는 터라 안절부절 못하고 있다.

어린이집 안은 엄마 손을 떠난 아이들의 울음소리에 아수라장이 되어 있고, 어린이집 밖에서는 그 소리를 참아내야 하는 부모들의 애타는 마음이 녹아내리고 있다.

한 시간. 아이는 그 시간을 버텨냈다. 세상을 향해 첫 발걸음을 내디딘 자랑스런 아이들을 부모들이 두 팔 벌려 환영해준다.

우리와 비슷한 연령대의 아이를 둔 친구네 부부를 만났다.

“○○이 잘 지내지? 어린이집에 잘 적응하고 있지?

“어. 잘 지내는가 보더라고.”

“마음 아프지 않냐?”

“우린 뭐, 직장에 있으니까 잘 모르겠어. 우리보단 할머니가 더 발을 동동거리셔. 키운 정이 무섭네.”

이제는 내 손에서 떠나보내야 하는 그 애타는 마음을 친구네는 오롯이 느끼고 있지 않은 듯했다. 그 마음은 할머니 몫이 되었을 것이다. 아이와 함께한 물리적인 시간만큼, 아이를 위해 흘린 땀과 눈물의 양만큼 애틋한 마음도 더 클 수밖에 없다. 그렇기에 키운 정이 무섭다는 말이 있는 것이다.

악몽

처음 어린이집에 들어간 날. 아이는 누구보다 세차게 울었다. 얼마나 심하게 울었는지, 원장선생님이 간신히 안아서 달랬다고 한다. 그 경험 많은 선생님도 원장선생님도 아들의 어린이집 적응을 걱정하셨다.

다행히도 시간이 흐를수록 아들은 잘 견뎌내고 있다. 선생님이 매일 보내주시는 사진과 쪽지에서 우리는 그 시간들을 확인할 수 있다.

'우리 시안이가 생각보다 정말 잘 적응하고 있어요. 참 고마워요. 오늘은 저를 향해 웃어주기도 하고, 시안아 사랑해~ 하고 두 팔을 벌렸더니 와서 안겨주기도 했어요.'

정말 다행이다. 이 순간을 위해 작년부터 아내와 나는 얼마나 많은 기도를 했는지 모른다.

모두가 잠든 시간. 아이의 잠꼬대 소리에 우리 부부는 잠을 깬다. 아이가 '엄마~' 하면서 운다. 몇 번을 깨는지 모르겠다. 요 며칠 잠꼬대를 자주 했다. 악몽을 꾸는 건지, 깨면 엄마부터 찾고 엄마 품에 안겼다.

아침이면 웃으며 당당하게 등원하지만, 여전히 아들에겐 그 시간이 힘든 시간임에는 틀림이 없다. 그 힘든 길을 담담하게 걸어가 주는 아들이 고마웠다.

4주간의 방학이 훌쩍 지나갔다. 방학 전에 세웠던 아주 소소한, 정말 아주아주 소소한 계획들을 몇 가지 해냈다. 계획을 세우는 것은 그저 하루를 겨우 살아갈 여력만 있는 사람에겐 도전과 모험에 가깝다. 하루하루 버티기만 해도 힘든 상황에서, 그것 외에 무언가를 플러스해서 더 해낸다는 것은 참으로 대단한 일인 것 같다. 그런 겸손한(?) 마음으로 아주 사소한 계획을 세웠었다. 집 정리, 육아책 두 권 읽기, 둘째 어린이집 적응시키기, 아내 복직 준비(옷 사고, 건강검진 받고 등등), 새 차 계약하기 정도였다. 옛날 나의 에너지 정도였으면 하루 이틀만에 다 해치웠을 일이다. 하지만 이 모든 일을 천천히 하나하나 해왔다. 특히 집 정리가 실로 엄청났는데, 둘째가 어린이집 잠깐 다녀오는 사이에 둘이서 초인적으로 이것을 해냈다. 세 끼 먹고, 세 끼 치우고, 정리하고 빨래하는 기본적인 하루살이 일정에 추가로 집을 정리한다는 건 정말 힘든 일이었다. 과감히 다 버렸다. 둘째가 돌이 지나자 버릴 수 있는 물건들이 많아서 좋았다. 나눌 수 있는 건 최대한 나누고, 버릴 건 정말 과감히 버렸다. 내가 아끼던 책도 절반 정도는 정리했다. e북을 좋아하는 건 아니지만, 그걸 믿고 다시 펴 보지 않을 것 같은 책은 과감히 다 버렸다. 아이보리 색 바닥의 면적이 넓어질 때마다 내 마음의 크기도 덩달아 늘어나는 것 같았다. 앞으로도 둘째가 크는 속도에 맞춰, 우리의 집도 더 좋아질 것이다.

'방학 잘 보냈어?'라는 질문을 자주 받았다. 스스로도 자주 던진 질문이다. 잘. 이 '잘'이라는 말 속엔 보람되게, 알차게, 후회 없이, 라는 뜻이 포함되어 있는 듯하다. 이전의 나에게는 방학이라는 시간을 꾹꾹, 알차게 채워야 한다는 부담감이 있었던 게 사실이다. 하지만 내 마음에 들 만큼 그렇게 '잘~' 보냈던 적은 거의 없었던 것 같다. 지금의 나에게 '잘~'이라는 기준은 이전과는 확연히 다른 것이 되었다. 이전과 변함없이 일상을 유지했어? 살아냈어? 이 정도일 듯하다.

방학 때 동료들은 다들 여행을 다녀온 것 같다. 예전부터 그랬지만 난 여행이 그다지 좋진 않다. 대부분의 사람들에겐 낯선 곳으로의 여정이 자유를 선사하고 쉼을 주는 것 같다. 내게는 그렇지가 않은 것 같다. 나는 그냥 일상이 좋다. 둘째가 아직 어려서 그러지도 못하는 처지라 정신승리라도 하려는 것처럼 보일지는 모르겠지만 정말 그렇다. SNS에서 보이는 다른 이들의 특별함에 지금의 내 평범한 일상에 대한 만족감이 잠시 흔들리기도 하지만, 딱 거기까지다. 나에게는 여행보다는 집에 있는 것이, 낯선 곳을 탐험하는 것보다는 친숙한 길을 산책하는 편이 훨씬 좋다. 좀더 나아가서는 특별한 하루보다는 그저 평범한 하루 아니면 약간의 특별함이 가미된 하루 정도가 좋다.

그렇다면 이번 나의 여름방학은 어땠나? 좋았다. 매일매일 첫째 어린이집 보내고, 둘째 어린이집 적응시키고, 아주 짧게 주어지는 꿀맛 같은 둘만의 시간에 커피 한잔하며 육아 작전회의를 하고, 둘째 데리고 오고, 점심 해 먹고 밀린 집안일을 같이 해치우고, 잠깐 쉬었다 첫째 같이 하원시키고…. 이 모든 평범하고 똑같은, 반복되는 일상이 좋았다. 그중에서 가장 좋은 건 아내와 함께한 둘만의 시간이었다. 첫째를 어린이집 차에 태워 보내고, 둘째 어린이집 보내기까지의 그 한 시간…. 커피 테이크아웃 해서, 예쁘게 조경된 아파트 공원 벤치에서 단둘이 이야기 나누던 아침이 참 좋았다. 이전엔 못 가졌던 아침의 시간을 아내와 함께할 수 있어서 정말 좋았다.

하루도 빠짐없이 아내와 함께 보냈고, 하루도 빠짐없이 아이들 등원을 시켰다. 특별히 한 일이 없지만, 그 어느 방학보다 후회가 없다. 여한도 없다.

아침산책

어린 엄마의 따뜻한 자궁 안의 포근함.
유모차 안 아기의 유유자적함.
그 옆으론
이삿짐따라 올라가는 기대의 향기.

꽃들의 색냄새.
나무의 무채색 시원함.
싱그런 햇살과 시원한 바람이 교차로
나를 맞이하는 이곳.

돈으로 살 수 없는 이 시간.
누구나 소유할 수 있지만
아무나 소유할 수 없는 이것.

아침.
나는 이것을 소유하고 있다.

칭찬스티커

부모들은 칭찬스티커를 왜 할까? 모종의 행동 변화를 기대하는 게 당연할 거다. 아들에게 칭찬스티커를 주다 보니, 난 엄격한 기준의 적용 자체가 어려운 사람임이 드러났다. 애초에 나란 사람에게 '엄격한'이라는 형용사는 어울리지 않는다.

나도 아들 앞에선 퍼주는 아빠다. 행동 변화에는 큰 관심이 없다. 너라는 존재 그 자체가 나에겐 큰 선물이기에, 선물 주고 싶어 안달 난 사람처럼, 어쩌면 선물을 주고 싶은 마음 때문에 이걸 하고 있는지도 모르겠다. 선물을 받고 행복해하는 아들을 보고 싶어서, 겨우 생각해낸 게 칭찬스티커가 아닌가 싶다.

하루에 한 개는 필수다. 스티커를 붙여주고는 싶고, 이유는 만들어야겠고. "오늘도 하루 행복하게 지내줘서 고맙다. 오늘도 스티커 한 개."

칭찬 스티커는 그렇게 '출석부'가 되어간다.

2장 82년생 김지영 씨에게

그랬으면 좋겠다. 잘 먹고, 잘 자고….

엄마가 그랬으면 좋겠다.

아내라는 별에서

82년생 그리고 김지영. 너무나도 흔한디흔한 보통의 출생, 보통의 이름이다.

나의 육아는 특별할 것이라 생각했다. 좋은 아빠, 좋은 남편이 될 거라 생각했었던 건 내 인생의 가장 큰 착각이었다. 내 삶은 보통 사람 김지영과 다를 것이 전혀 없었다. 아무리 해도 티가 안 나는 일들로 체력이 탈탈 털리고 나면 마음까지 쪼그라지는 것 같았다. 조금 쉬어서는 웬만큼 충전이 되지 않는 몸. 기껏해야 3% 정도 충전되었다가 곧 다시 바닥을 드러내는 저질 체력을 가진 우리 부부가 서로를 돌볼만한 여유는 없었다.

아내와 나는 자주 싸웠다. 하지만 그날이 가기 전에 내가 먼저 사과했다. 다투면서도 아내의 힘겨움에 깊이 공감이 되고 안쓰러운 마음이 들었다. 그런 마음이 항상 내가 먼저 사과를 하게 하는 힘이었다. 하지만 다시 그 시간으로 돌아간다고 해도 우리는 싸울 수밖에 없다고 생각한다.

아내와 나는 그런 시간을 함께 버텨왔다. 흔히 말하는 '전우애'라는 것이 생겼다. 이 시간을 함께해온 우리에겐 '그땐 그랬지' 라고 말할 수 있는 추억이 있는 것이다. 그 힘든 시간이 남긴 아름다운 기억이 현재의 삶에 감사하게 하는 동력이 되어주고 있다.

결혼하지 않겠다고 하는 젊은 세대의 생각을 존중한다. 자녀를 낳지 않겠다는 부부들의 결정도 지지한다. 하지만 감당할 수 없을 것 같은 시간을 버텨내면 나머지를 살아낼 근육 같은 것이 생긴다는 점은 말하고 싶어진다.

자녀 양육은 다른 것으로는 대체할 수 없는 배움의 시간이다. 그 시간을 통해 나와 아내는 더욱 가까워졌다. 남은 평생을 함께 살아갈 힘을 얻었다고 생각한다.

한 동료는 나를 보면 결혼하고 싶은 생각이 든다고 했다. 나처럼 좋은 배우자 만나 자녀를 낳고 가정을 이루고 싶다고 했다. 내 삶의 일부만 보고 그렇게 말했을 가능성이 크지만 그에게 이렇게 말해주었다.

"결혼하고 자녀를 낳고, 가정을 이루는 것도 좋은 삶이에요. 모든 경험이 우리를 성장하게 만들지만 자녀를 낳고 기르는 것은 완전히 다른 차원의 성장을 준다고 생각해요. 성장의 차원을 넘어 전혀 다른 사람이 되는 길이기도 해요."

정말 그렇다. 나는 이전과는 전혀 다른 차원의 사람(아빠)이 되었고, 우리는 전혀 다른 차원의 관계(부부)로 함께 성장하며 더 사랑하게 되었다.

하루의 끝에서 서로에게 건네는 말. “수고했어, 오늘도.”

《82년생 김지영》(조남주 지음, 민음사, 2016)을 오래전에 읽었다. 읽을 당시에는 내 마음이 크게 요동하지 않았던 것 같다. 같은 책에 우는 아내를 보며, 깜짝 놀랐던 것은 생각이 난다. 어느 포인트에서 울었는지, 책에 밑줄을 쳐서 다시 달라고 했다. 아내가 밑줄 친 부분을 다시 읽는데도 역시나 나는 눈물이 나지 않았다.

오늘은 이 책을 영화로 읽었다. 육아에 찌든 주인공과 그 주변에 어지럽게 물건들이 널부러져 있는 집 상태를 보자마자 나는 울기 시작했다. 시작할 때부터 끝날 때까지 울었다. 이게 공감이라는 것인가? 구구절절 설명해서는 도무지 가 닿을 수 없는 것, 그저 같은 경험을 해본 자만이 알 수 있는 것.

얼마 전에는 내가 응원하는 야구팀 기아타이거즈의 한 외국인 투수가 돌연 미국으로 돌아갔다는 기사를 보게 되었다. 그 팀은 가을야구를 하느냐 마느냐 기로에 서 있었다. 그 팀의 에이스였던 그가 돌연 고국으로 돌아가버린 것이다. 가족의 교통사고 소식을 들은 그는 곧장 귀국을 택했고 팀도 그의 결정을 응원했다. 그 팀은 가을야구 진출에는 실패했지만, 선수의 마음을 얻어 다음 년도 재계약을 이루어냈다. 그 선수의 인스타 피드를 보면서 마음으로 응원했다. 화려한 그라운드 위의 영광보다 시골에서 아들과 함께하는 시간을 선택한 그가 존경스러웠다. 가을야구가 진행되는 동안에도 나는 매일 업로드 되는 그 선수 가족의 글을 정독했다. 한 팀의 에이스로 역할을 하고, 한 리그의 MVP가 되는 것보다 한 가정의 아빠인 그의 모습이 더욱 아름다웠다. 가만히 있을 수 없어, 그의 글에 용기 내어 댓글을 남겼다. 물론 영어로. 물론 구글 번역기로.

육아 예능, 육아 드라마, 육아 영화. 나는 이런 것들을 보면 그냥 울어버린다. 요즘 나를 울게 만드는 주제는 아이인 것이다. 검색창에 자주 뜨는 어려운 아이들 모습을 보며 수없이 울었다. 버려진 아이, 아픈 아이, 그 각각의 사연마다 눈물을 흘린다.

아이를 재우고 잠시 영화를 보고 있는데 퇴근한 아내가 들어왔다. 나는 아내를 보자마자 미안하다고 말했다. 지금까지 너무 몰랐던 거 미안하다고. 곰 같은 아내가 한없이 예민한 남편을 받아내고 사느라 얼마나 애쓸까? 무엇보다 영화 속에 나오는 공유 같은 남편이 아니어서 엄청 미안했다.

묶여 있다

아내가 홀로 육아 휴직을 하고 있을 때, 퇴근해서 집에 들어오면 아내는 항상 힘이 없었다. 잠에서 막 깨어난 사람처럼 멍하니 있었다. 그런 모습이 답답해서 일부러 밖으로 내보내려고 했다.

"잠깐 커피숍이라도 다녀와."

집순이였던 아내는 그래도 남편 말을 듣고 꾸역꾸역 발걸음을 밖으로 향하곤 했다. 삼십 분이나 채 지났을까? 전화가 온다.

"아이 간식은 먹였어? 컨디션은 괜찮고? 엄마는 안 찾아?"

"어, 다 괜찮으니까 쉬다가 와."

서너 시간은 쉬다 오라니까 두 시간을 못 채우고 집으로 들어온다. 오자마자 아이부터 찾는다. 다행히도 문밖을 나서기 전 보였던 아내의 멍한 표정은 사라지고, 다소 생기가 돌았다. 참 이

해가 되지 않았다. '시간만 주면 난 얼마든 혼자 잘 쉴 수 있는데… 그걸 못 견디고 들어오다니….'

일 년이 흘렀다. 상황은 역전되었다. 아이랑 한시도 떨어져 있지 못하던 내가 오랜만에 외출을 허락받았다. 그동안 못 나가던 사회인 야구 경기를 몇 달 만에 나가게 된 것이다.

며칠 전부터 기대감으로 발이 하늘 위를 걷는 것 같았다. 당일이 되자 새벽같이 일어나 스트레칭을 했다. 그러곤 곧장 경기장으로 향했다. 오랜만에 사람들을 만나고 바깥바람을 쐰다는 생각에 도착도 하기 전에 이미 가슴이 뻥 뚫리는 것 같았다.

1회, 2회… 경기가 진행될수록 뻥 뚫린 마음에 뭔가 모를 허전함이 밀려들어왔다. 지나가는 까치 소리를 들으니 까치 좋아하는 아들 생각이 난다. 경기장 옆으로 세워진 나무들과 들판을 보니 아들이랑 같이 걷고 싶어졌다. 야구를 하면서는 아이도 공을 좋아하는데, 하는 생각이 들었다. 혹시나 급한 연락이 오진 않았는지 핸드폰을 자꾸만 들여다보게 됐다. 경기를 마치자마자 집으로 날아 들어왔다. 잠시나마 아빠와 떨어져 있던 아들이 아빠를 향해 달려온다.

아내는 아들과 한 몸으로 묶여 있었다. 엄마와 아이가 뱃속에서부터 탯줄로 묶여 있듯이…. 엄마 몸에서 나온 후에도 아들은 탯줄 이상의 묘한 끈으로 엄마와 연결되어 있는 것이 분명했다. 그런데 이젠 나도 그렇게 묶이고 말았다. 나를 만나고 싶어 하는 지인들은 이렇게 말하기도 한다. "꼭 그렇게까지 해야 하냐? 그렇게 안 해도 애는 알아서 잘 커. 유별나게 굴지 말고 좀 나와."

그 말이 맞다. 꼭 그렇게까지 묶일 필요는 없다. 하지만 온전히 이 아이의 책임 양육자로 살다 보니, 나도 모르는 사이에 그렇게 묶여진 것이다. 어쩌면 집착일 수도 있다. 워커홀릭과 유사한 육아홀릭이라 말할 수도 있다. 하지만 이젠 어쩔 수 없다. 이미 아들과 나 사이의 감정과 정서의 고리가 강하게 연결돼버렸기 때문이다.

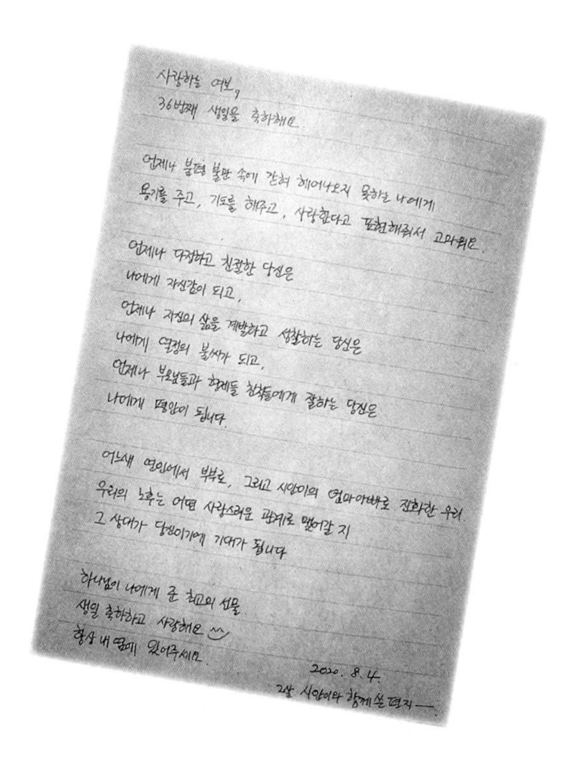

사랑하는 여보,
36번째 생일을 축하해요.

언제나 불평 불만 속에 갇혀 헤어나오지 못하는 나에게
용기를 주고, 기도를 해주고, 사랑한다고 표현해줘서 고마워요.

언제나 다정하고 친절한 당신은
나에게 자신감이 되고,
언제나 자신의 삶을 계발하고 성찰하는 당신은
나에게 열정의 불씨가 되고,
언제나 부모님들과 형제들 친척들에게 잘하는 당신은
나에게 평안이 됩니다.

어느새 연인에서 부부로, 그리고 시안이의 엄마아빠로 진화한 우리.
우리의 노후는 어떤 사랑스러운 관계로 맺어갈 지
그 상대가 당신이기에 기대가 됩니다

하나님이 나에게 준 최고의 선물
생일 축하하고 사랑해요
항상 내 옆에 있어주세요.

2020. 8. 4.
2살 시안이와 함께 쓴 편지—

육아 전문가

"오빠, 오늘은 아이 몇 시에 잘까?"
"지금 재울까? 아니면 씻고 재울까?"
"약 먹이고 재울까? 아니면 먹이지 말까?"

육아 초, 아내는 나에게 많은 것을 물어왔다. 내가 육아의 전문가여서가 아니라, 처음이라 두려운 초짜 부모로서 상대에게 확인받고 싶어 하는 마음이랄까? 육아 초에는 분명 함께 상의하고, 내 말이 제법 들어맞기도 했다. 그런데 얼마 전부터 아내는 아이에 관한 한 예언가의 경지에 이른 것 같았다.

"아이가 잘 것 같아, 쉿!"
"아까 자서 오늘은 늦게 잘걸? 그래도 한번 잘 재워봐."
아내의 예언대로, 아이는 그날 밤 늦게 잤다.

"오늘은 낮잠을 제대로 못 자서, 밤에도 잠을 설칠 것 같아."
"이유식에 오이를 넣어봤는데, 이건 왠지 안 먹을 것 같아."
"배고프다고 우는 것 같은데? 이리 줘."
"어디 아픈 게 아니라, 잠투정하는 거 같아."
"아닌데? 컨디션 좋은 건데?"

아내와 나 사이에게 육아 전문성의 차이가 커진다. 주 양육자와 놀이 양육자, 생존 양육자와 여가 양육자 사이에 간극이 생기고야 말았다. 이제는 이유식을 공부하기 시작한 아내 앞에서, 나는 한없이 작아진다. 그래도 어쩌겠는가? 함께한 물리적 시간의 양이 현저히 부족한 것을.

이 글을 일 년 전에 썼었다. 이제 똑같은 질문을 아내가 나에게 한다.

"낮잠은 어떻게 재워야 해?"
"이거 먹일까?"
"오늘 잠은 몇 시에 재워야 해?"
"이 장난감 좋아할까?"

내가 이 모든 질문에 답해줬다. 그래도 어쩌겠는가? 아내는 아들과 함께 한 물리적 시간의 양이 현저히 부족한 것을….

옷차림에 관하여

아내가 출근을 한다. 그동안 집에서 봐오던 아이 엄마의 모습이 아니다. "오늘 예쁘네."

아내가 새 옷을 사 입은 것도 아니고 화려한 치장을 한 것도 아니다. 그저 추리닝을 벗어났을 뿐인데, 전혀 다른 사람이 되어 있다. 거울에 비친 내 모습을 본다. 출근하는 아내의 데일리 룩과, 아이 보는 나의 데일리 룩은 천지 차이다.

육아하면서 제일 중요하게 생각하게 되는 가치는 '편함'이다. 봐주는 사람이 없으니 내가 편한 게 중요하다. 나갈 일이 없다 보니, 추리닝 생활만 9개월째다. 계절의 변화에 따라 그 길이와 두께만 달라졌을 뿐, 추리닝 생활에는 변함이 없었다.

혼자 영화를 봤다. 영화 제목은 〈82년생 김지영〉이다. 펑펑 울었다. 영화 속 김지영의 옷차림에 시선이 향한다. 추리닝 바지에 클래식한 코트를 언밸런스 하게 입고 외출을 하고 있는 주인공의 모습에, 공감 그 이상의 것을 느꼈다.

아침 시간에 잠깐 산책을 나가보면, 나와 비슷한 부류의 아기 엄마들을 많이 만날 수 있다. 물론 안타깝게도 아빠의 모습은 본 적이 거의 없다. 이 엄마들의 모습을 두 부류로 감히 분류해 본다. 그 기준은 옷차림으로, 나처럼 '편함'의 가치로 입고 나오신 분과 그래도 꾸미고 나오신 분으로 분류해본다. 아이를 어린이집에 보내는 부모님은 그래도 후자로 분류가 되고, 나처럼 맨땅에 헤딩하시는 분들은 여전히 '편함'의 가치에 헤어나오지 못하는 분들로 분류가 되는 것 같다.

물론 이건 어디까지나 나의 주관적인 생각이며, 혼자서 주저리주저리 읊조리는 소담일 뿐이다. 어쨌든 오늘도 난 기분 전환을 위해 예쁜 옷을 뒤로하고 추리닝 바지 두 벌을 주문했다. 옷장에 숱하게 쌓여 있는 예쁜 옷들은 자신의 계절을 위해 반년을 기다렸지만, 주인의 부름을 받지 못하고 결국 내년을 기약하고 저 깊숙이 동면에 들어갔다.

사랑 고백의 타이밍

아들이 낮잠을 자고 있을 때, 아내가 퇴근했다.

퇴근한 아내에게 사랑한다고 고백했다.

하루 중에서 지금이 아니면 나오기 힘든 말이니까….

둘이 같이 울고 있어요

몇 년 전, 우리 야구팀의 한 후배와 나눈 대화가 기억이 난다.

"너 요즘 왜 이렇게 야구 안 나오냐?"

"와이프 눈치 보느라고요."

"그냥 나와. 뭘 눈치를 보냐."

"형, 야구하고 집에 들어가면 아기랑 와이프랑 둘이 같이 울고 있어요."

그러고 한참을 웃었던 기억이 난다. 후배의 이야기를 반 농담으로 받아들였기에 웃었던 거다. 그땐 틀렸던 것이 지금은 맞는 것일까?

오늘은 내가 그랬다. 몸이 좋지 않았다. 몸살 기운이 며칠 동안 나를 괴롭혀왔다. 스트레스 때문인지 왼쪽 귀와 왼쪽 머리에 통증이 있다. 피할 길은 없다. 난 아파도 쉬지 못하고 육아에 전념할 수밖에 없다. 다른 방법이 없다. 하루 종일 정신력으로 버티고 또 버텼다. 2시가 다 돼서야 간신히 아이 낮잠을 재웠다. 빠르게 집 정리와 설거지를 했다. 한 시간이 빠르게 지나갔다. 3시가 돼서야 나는 오늘의 첫 끼를 입에 넣을 수가 있었다. 그렇게 오늘 첫 음식이 내 입을 통과하는 순간, 아이가 깼다. 한입 베어 물다 만 빵과 손도 못 댄 우유를 그대로 남긴 채 아이에게로 달려갔다. 아이 엄마는 나의 이 상황을 아는지 모르는지, 회의가 있다며 평소보다도 훨씬 늦게 집에 왔다.

아내는 스마트폰 배터리가 없다며, 직장 동료의 폰으로 카톡을 보내왔다. 좋은 남편의 모습을 보여주고 싶어서라도, '회의 있으면 천천히 와. 아기 걱정은 말고.' 이렇게 답을 보내고 싶은 마음이 굴뚝같았으나, 내 몸과 영혼은 다른 이의 시선 따위는 신경 쓸 만한 여유가 전혀 없었다.

너무 힘들어서 바닥에 얼굴을 파묻고 펑펑 울었다. 이런 내 상황이 처절해서 한참을 울었다. 좋은 아빠, 좋은 남편이 되기 위해서 나는 내 시간을 오롯이 이곳에 쓰고 있다. 그런데 시간이 흐를수록 나는 좋은 아빠, 좋은 남편으로부터 멀어져가고 있는 것 같다. 그렇다고 좋은 친구, 좋은 선후배가 될 수 있는 가능성은 이미 물 건너간 지 오래다.

퇴근한 아내의 눈앞에 펼쳐진 광경은 바로 그 후배가 본 모습 그대로였다. "둘이 같이 울고 있어요." 그때 그 말이, 성지가 될 거라고는 나는 생각조차 못 했었다.

감정 쓰레기통

어제 아내와 부부 싸움을 했다. 모든 부부 싸움이 그렇듯이, 하루가 지나면 왜 싸웠는지도 기억이 안 난다. 하지만 명확하게 기억나는 단어는 있다.

어제는 아내가 회사에서 조금 늦게 왔다. 그 조금이 나에겐 억겁의 시간과도 같이 느껴진다. 육아의 책임이 끝났어야 할 시간에도 내 앞에 책임져야 할 아이, 책임져야 할 시간이 있다는 것은 실로 엄청난 압박이었다. 고갈된 상태에서 영혼까지 끌어와 버텼다. 화와 분노, 짜증이 차곡차곡 쌓여서 죄 없는 아내에게 흘러갔다. 이유는 없다. 아내의 상황도 이해가 된다. 출근해 일하랴, 집에 오면 애 보랴. 그 상황을 모르는 것은 아니다. 그런데 그냥 화가 났다.

이 화를 매일 풀 수 있으면 좋겠다. 내 감정을 풀 수 있는 통로는 '커피숍 가서 멍 때리기' '편한 사람 만나 가벼운 대화 나누기' '조용히 걷기' '조용히 책 읽기' '글쓰기' 등이 있다. 그런데 이

놈의 코로나 때문에 외출을 할 수가 없다. 그러니 나는 누구를 만나기도, 어디를 나갈 수도 없이, 화가 계속 누적이 되는 것이다. 그런 내 감정을 고스란히 받아내던 아내의 한마디가 내 머리를 띵하고 쳤다.

"나는 당신의 감정 쓰레기통이야."

일 년 전 집에 들어오면 아이와 부대끼느라 찌들어 있는 아내의 표정을 매일 보았었다. 그럴 때마다 뭐가 그리 힘든 거냐며 아내의 감정을 진심으로 받아준 적이 없었던 것 같다. 다시 말하면 난 아내의 감정 쓰레기통이 되어주지 못했다. 현재의 나에게도 감정을 비워낼 시공간이 필요하다. 하지만 작금의 상황에서는 해결책이 보이지 않는다. 다만 지금의 내가 힘들면 힘들수록, 그 깊이만큼 아내를 생각하고 이해할 수 있다는 것에 희망을 걸어본다.

처음으로 우리 집에 초대한 지인들 앞에서 아내랑 싸웠다. 최소한 다른 사람들 앞에서만이라도 고상한척해야 한다는 그런 의식조차 우리 체력엔 남아 있지 않았나 보다.

모든 부부 싸움이 그렇듯이 원인은 없다. 그냥 나는 날카로워져 있다. 사실 난 누구보다 정신이 건강한 사람이었고, 어떤 내면 검사에도 긍정적이고 마음이 건강한 사람으로 나왔었다. 그런 내가 이렇게 돌변해져 있다. 아내가 퇴근해 오면 그냥 아무 이유 없이 화가 나 있고, 그냥 시비를 건다. 하루에도 수십 번 오르락내리락 하는 내 감정은 나도 통 종잡을 수가 없다.

나는 싸우고 나면 바로 미안하다고 하는 성격이다. 싸우고 난 뒤 그 냉랭한 분위기를 제일 싫어한다. 아내가 산증인이다. 대부분의 부부 싸움에서 항상 내가 사과했던 것 같다. 하지만 병 주고 약 주고를 반복하다 보면 몸은 날로 허약해지는 법. 약을 주더라도 병도 매번 주니 아내의 인내심도 이젠 바닥을 치기 시작했다. 사과를 해도 받아주지 않을 때도 있고, 그런 사과에 오히려 화를 낼 때도 있다.

싸움의 내용은 한결같다. 내가 얼마나 힘든지 아느냐. 나를 이해하고는 있느냐는 내 하소연이고, 결국 이야기 나누다 보면 누워서 침뱉기다. 내가 서운하다고 이야기하는 것들은 죄다 일 년 전 내가 저지른 일들이었으니까. 매번 할 말이 없다. 나중에 어떤 부부의 싸움을 보면 난 무조건 주 양육자의 편을 들 거다. 집에서 아이 보는 사람의 편을 일방적으로 들 것 같다.

아이를 낳기 전 아는 후배에게 우리 부부 싸움 이야기를 잠깐 했다. 그 당시 아이가 둘이나 있던 그 후배는 놀라며 말했다.
"애도 없는데 싸울 일이 있어요?"

당시엔 그 말이 많이 서운했다. 마치 우리 부부가 이상한 사람들인 것처럼 여겨지는 말이었으니까. 그런데 막상 우리가 그 상황이 되어보니 우리는 애도 없을 때 무슨 이유로 그렇게 싸웠을까, 하는 의문이 생긴다.

단유

"나 미친 것 같아!" 운전 중, 뒷좌석에서 아내가 하는 말에 화들짝 놀랐다. "나 미쳤나 봐. 배가 고파."

점심을 거하게 먹은 뒤라, 나는 아직도 배가 꺼지지 않았는데 아내는 배가 고프다고 한다. 그도 그럴 것이, 모유 수유를 하고 있으니 영양분이 항상 부족할 것 같다. 요 몇 달 아내의 모유 수유 페이스에 말려, 나까지 덩달아 끊임없이 먹었다. 삼시 세 끼 챙겨 먹기도 힘든 육아라는데, 우리는 대여섯 끼를 하루에 먹고 있다. 그렇게 먹는데도, 아내는 살이 빠져간다. 하지만 나는 계속 쪄간다. 그래도 의리로 먹는다.

"베스킨라빈스 어때?"

"좋아."

"어떤 맛으로 사 올까?"

"아몬드 봉봉, 엄마는 외계인, 바람과 함께 사라지다."

파인트는 세 가지 맛을 고를 수 있다. 평소의 배려심 많은 아내 같았으면, 분명 한 가지 맛만 본인이 고르고 두 가지 맛은 나에게 고르라고 했을 것 같다. 세 가지 맛을 혼자 다 골라버리는 아내가 낯설다.

아마 아내에게서 생존본능이 나오는가 보다. 나는 오늘도 먹고 또 먹었다. 평소 좋아하지도 않는 아이스크림, 과자도 이제는 의리로 먹는다. 그렇게 먹다 보니 이제는 맛있어서 먹고, 나도 배고파서 먹는다. 이러다 몸무게 앞자리가 8자를 찍는 일은 없었으면 한다.

어제부터 단유를 시작했다. 엄마와 수유로 교감을 나누었던 그 편안한 소파를 몇 번이나 손가락으로 가리키던지, 말 못하는 아이의 성장통에 마음이 찢어지는 듯했다. 단유를 시작하며, 해방감을 누릴 줄 알았던 아내는 눈물을 보였다. 너무나 사랑하는 아들과 거리가 생긴 것 같은 그 허전함을 말로 다 표현할 길이 없다 했다. 밤새 우는 아이나, 밤새 그런 아이를 달래는 부모나 힘들기는 매한가지다.

아이는 생존과 추억, 애착과 정서적 안정의 행위로부터 단절되는 도전을 받고 있다. 엄마로서는 사랑의 최정점으로부터 멀어짐을 겪으며 조금씩 포기하는 법을 배워가는 단유(斷乳). 힘들지만 이번 한 주는 이렇게 버텨야 한다.

십 년 된 차와, 이태 전 중고로 산 차 두 대가 검사를 받았습니다. 두 차 모두 손봐야 하는 곳이 발견되어, 생각지 못한 지출이 있었습니다. 오래된 차에 목돈이 들어가니 '바꾸고 싶다'는 생각이 마음에 차오르기 시작했습니다. 차를 바꾼 지인들은 그 마음에 기름을 붓기 시작했습니다. 길을 가다가 내 눈에 보이는 것도 온통 자동차의 종류였습니다. 사실 지금은 차를 바꿀 여력도 없지만, 그냥… 그냥 상상하고 있었습니다. 둘째를 낳으면 그땐, 꼭 바꿔야지 하면서요.

"저 차는 ○○○이고, 얼마정도 해."

"둘째 낳으면 저 차 사고 싶다."

차 노래를 부르며, 사진도 보여주고, 지나가는 차들을 보며 소개도 해주었습니다. 그런 나를 몇 달을 지켜보며, 지난 주 가정예배 중 아내가 저에게 일침을 가해주었습니다.

"오빠, 그런 차들을 사게 되면 오빠는 오빠가 아니야."

절제된 아내의 이 한마디 말이 도끼같이 나를 깨우쳤습니다. 그날 그 주제로 한참을 이야기를 나누었습니다. 내가 만약 사고 싶은 그 값비싼 차를 사게 되면, 내가 쓰고, 내가 말하고, 내가 살아왔던 나의 삶은 온통 거짓과 가식이 됩니다. 내가 가지고 싶은 것을 다 가지고, 사고 싶은 것을 다 누리며 살면 내가 원하는 나눔의 삶은 껍데기밖에 되지 않는다는 사실을 깨닫습니다.

그리고 어제 택배 하나가 집에 왔습니다. 요즘 코로나 때문이기도 하고, 아이 때문에도 택배물의 양이 엄청 늘었습니다. 그 많은 택배는 온통 아내의 이름으로 오는 것들이죠. 그런데 오늘 온 택배는 제 이름으로 온 것이었습니다. 택배를 열어보니 한 동안 사보지도 못한 새 옷이 담겨 있었습니다. 몇 달 만에 받아본 내 이름으로 된 택배도, 그 안에 담긴 후드티에 가득 담긴 아내의 사랑에도 큰 감동이 일어납니다.

며칠 전, 가족모임 중에 이모님이 이런 얘기를 하셨습니다.

"그럼 둘이 몇 달 째 붙어 사는 거야? 지겹겠다."

"아닌데요."

가끔 육아의 피로로 인해 예민해지는 때도 있지만, 저는 이런 아내가 좋습니다. 참 좋습니다.

홍시 같은 사람

시골집에 감나무 세 그루가 있었다. 내가 태어날 때 즈음 할아버지가 심어놓으신 나무였다. 나는 그 나무 그늘 아래서 한여름의 뙤약볕을 피해 시원한 물에 발 담그고 책 읽고 그렇게 여름방학을 보냈다. 가을이 되면 이 나무는 우리 집에 홍시를 한가득 선물해줬다. 수천 개의 홍시는 이웃에 나눠졌다. 나는 그 홍시에 입도 대지 않았다. 모르겠다. 그냥 그 느낌이 싫었다. 말캉거리고 찐득찐득한 그 촉감부터, 살짝 비린 냄새와 지저분해 보이는 껍질도 싫었다. 엄마가 입에 넣어주기가 무섭게 퉤, 하고 뱉어냈다. 추억 가득한 그 나무는 재작년 태풍에 생을 다했다. 그 집을 떠나온 뒤 내 입에도 홍시가 맛있어지기 시작했다. 이제 홍시는 귀하디귀한 열매가 되어 구하기도 어려워졌는데 말이다. 사람이 그런 것 같다. 가까이 있을 땐 그 소중함을 모르다가, 그 대상의 부재로 그리움을 느낄 때에야 존재의 가치를 깨닫게 되는가보다.

이런 글을 며칠 전에 쏟아냈다. 누군가를 떠올리며 쓴 글이 아니다. 그냥 아무 생각 없이 쓴 글이었다. 하지만 나는 이 글의 주인공을 며칠 만에 찾을 수 있었다.

요즘 나는 아내에게 자주 짜증을 냈다. 잔뜩 예민해져 있는 내 감정이 아내 앞에서는 여과 없이 배출되었다. 아내의 입장이 이해되지 않는 건 아니었지만, 내가 육아로 받고 있는 스트레스가 내 이해의 선을 넘어선 것이다. 심지어 어제 우리 집에 방문한 부부 앞에서 우리는 각자의 마음을 다 쏟아내고 말았다. 그런 김에 나도 아내도 실컷 울었다. 아이를 갖는 게 소원인 그들 부부로선 우리의 이런 고민들은 배 부른 소리처럼 사치스럽게 여겨질 수도 있는데, 우리의 고민에 깊이 공감해주어서 정말 고마웠다. 오늘 아침엔 그 부부로부터 이런 문자를 받았다. "겪어보지 못한 일이기에 도움을 주긴 어려웠지만 그래도 우선순위는 부부였으면 좋겠어요 아이도 소중하지만 두 사람이 서로에게 더 소중한 존재이니까요. 비 오는 주일, 좋은 하루 돼요."

가까이에 있어서 소중함을 몰랐던 홍시처럼, 늘 곁에 있어서 소중함을 몰랐던 대상은 바로 아내였다. 우선순위는 아이도 아니고 부모님도 아니다. 바로 내 옆에서 함께 고통 받고 함께 힘들어 하는 내 영혼의 동반자, 전우애가 똘똘 뭉쳐져가는 내 아내다. 내가 싸지른 글의 주인공이 이렇게 며칠 만에 주인을 찾게 되어서 기쁘다.

아이를 보면서 집안일까지. 그래도 '나'라는 인간은 극한에 처하면 멀티 능력이 풀가동된다. 아내가 들어올 현관 신발장을 깨끗이 정리했다. 중문을 열고 들어오면 보일 각 방들을 깔끔하게 정리했다. 거실에 들어오면 정리된 깨끗한 아이 책장과 장난감들이 보일 것이고, 부엌엔 아이 밥도 안 차려준 듯이 모든 물건이 제자리에 들어가 있다. 싱크대 안엔 물기 하나 없다. 밀린 빨래(빨래는 거의 매일 하니 밀린다고도 볼 수 없음)는 건조기 속에 돌아가고 있거나 건조대에 널려 있다.

무엇보다 아내가 퇴근해서 집에 왔을 때, 잠들어 있는 아이를 볼 것이고, 집에 와서 삼십 분은 쉴 수 있도록 아이의 낮잠을 살짝 늦게 재웠다.

그리고 난 따끈한 순댓국에 밥 한 그릇 말았다. 돈 벌어 오는 아내를 위해, 이 정도는 매일 해줘야겠다.

아내에게 휴가를

아내가 아팠다. 요즘 같은 시기에는 몸이 안 좋으면 자택근무를 하는 게 다른 이들을 위한 배려다. 하지만 아내는 고민했다. 옆에서 보는 내가 답답해서 강하게 말했다.

"그냥 학교에 말하고 하루 쉬어, 제발."

집에선 쉬어도 쉬는 게 아니니, 대책까지 말해주었다.

"할머니 집에 가서 쉬든지, 친정 가서 쉬어."

"고민해볼게."

못 이기는 척 병가를 낸 아내는 어떻게 해야 할지 고민하더니, 결국은 집에서 나가지 못했다. 안되겠다. 이렇게 하다간 쉬는 것도 아니고, 애 보는 것도 아니고, 그렇다고 나를 도와주는 것도 아니다.

"자기 오늘 내일 휴가!"

아내를 안방으로 격리시키고, 문을 꽝 닫았다. 그리고 난 평상시와 전혀 다를 게 없이 마음자세를 단단히 붙들었다. 아내가 있다고 내가 긴장을 낮추는 순간, 그 짐은 고스란히 아내에게 향할 것이다. '아내는 집에 없다.' '와이프 집에 없다.' '아이 엄마 집에 없다.' 계속해서 주문을 외웠다. 다행히 아들도 엄마가 학교 갔다고 생각을 하는 것 같았다.

아이와 함께 토마토를 갈았다. 그리고 간 토마토를 안방에 넣어주었다. 아이랑 밖에 나가서 놀고 와서는 점심을 차려주고 재웠다. 그리고 우리가 먹을 점심을 차렸다. 이제 아내를 안방에서 꺼내주어야 할 시간이다.

"나와."

이제까지 누워 있었으니 이제 앉혀서 먹였다. 그리고 함께 영화를 봤다.

별건 아니었다. 그저 긴장을 풀지 않고, 그냥 해왔던 대로 쭉 해버렸다. 그래도 아내가 같은 공간에 있다고 생각하니, 마음이 든든했다. 주말에도 종종 아내에게 휴가를 주기로 약속해 본다.

집 정리

탐독하느라 늦게 잤는데, 오늘 아침은 5시에 일어나졌다. 몸이 희한하다. 스트레칭을 간단히 한 뒤 샤워를 했다. 아무도 일어나지 않은 그 시간 화장실 청소를 박박 했다. 해가 뜨고서야 묵혀놨던 뒷베란다 정리를 마쳤다. 어제 해놓은 주방 정리에 숟가락만 얹으면 될 줄 알았다.

1. 버리겠다.
2. 채우겠다.
3. 철학을 담아 사용하겠다.

오늘도 이 세 가지 원칙을 가지고 정리에 임했다. 먼저 구석에 있는 자질구레한 것까지 다 꺼냈다. 아파트 입주 후 딱 한 번 청소한 그곳을 쓸고 빡빡 닦았다. 필요 없는 물건들은 전부다 아파트 입주민 카페에 무료 나눔 했다. 세 가지 원칙 중 첫 번째 원칙을 충실하게 이행했다. 미리 정리해둔 물건들을 부엌 선반으로, 앞 베란다(세탁기 건조기)로, 현관 수납장으로, 처갓집으로, 시골집으로, 쓰레기통으로… 다양한 곳으로 보냈다. 매일 쓰는 것만 밖으로, 간혹 쓰는 것들은 손이 잘 닿는 선반에, 어쩌다 한번 쓰는 것들은 위층 선반으로 보냈다. 아들의 물건, 주방 물건, 우리의 물건, 영양제 등으로 분류했다.

3월이면 임신한 몸으로 이 공간에 머물러야 할 아내를 위해, 좋은 공간을 주고 싶었다. 물론 학기 중에도 가급적이면 살림은 내가 도맡아 하고 싶다. 하지만 이 공간(우리 집)은 오로지 아내의 공간이 될 터인즉, 아늑한 공간으로 만들어주고 싶었다.

아내가 말했다.

"이렇게 정리하면 정작 난 어디에 뭐가 있는지 전혀 알 수가 없겠다."

'몰라도 돼. 그냥 내가 다 할게….'

봄과 같은 딸

둘째가 태어났다. 내 평생 경험해보지 못할 것 같던 딸이라니…. 아내는 순산했고, 아이와 산모 모두 건강했다. 출산의 과정이 더할 나위 없이 순적했다. 주변 분들로부터 축하의 메시지를 많이 받았다.

그런데 마음이 참 이상하다. 설렘보단 무한한 책임감이, 경이로움보단 현실의 무게가 더욱 크게 나를 짓누른다. 첫째는 부모님들께 맡기고, 아내를 찾아가 간호를 했다. 하지만 아내 곁에 오랜 머물 순 없었다. 첫째를 돌보기 위해 다시 집으로 와 현실 육아의 시간으로 진입했다.

오늘은 첫째가 낮잠을 안 자며, 역대급으로 짜증을 많이 냈다. 엄마와 떨어져 있어서 참 안됐다는 생각에 더 잘 챙겨주려는 내 마음과는 다르게 공포성 발언들을 남발했다. "너 자꾸 이러면 아빠도 간다?" 이 말도 안 되는 협박 앞에, 아들은 말짓을 멈추고 아빠 말에 순순히 따른다. 한 번도 엄마·아빠의 품을 떠나본 적이 없었던 아이에게, 이번에 처음으로 할머니·할아버지께 온전히 맡겨진 아이에게 협박성 발언을 사용하다니…. 간신히 재운 아들 앞에서 난 한없이 미안해졌다.

엄마 배 속에 있던 내내 따뜻하게 태명도 한 번 제대로 불러줘본 적이 없는 둘째에 대한 생각도 이제야 밀려든다. 첫째에게 다 쏟아버린 것 같은 내 마음과 열정이 둘째에게 다시 부어질 수 있을지 잘 모르겠다. 아들이 껌딱지처럼 붙어 있는 아내를 보며 부러워한 적도 있다. 정작 내가 그 상황이 되니 아내의 지난날들이 이해가 됐다. 자기 몸도 힘들 텐데 내 걱정하며 전화하는 아내에게도 많이 미안했다.

아주 짧은 시간이겠지만, 우리 가족은 지금 모두 떨어져 지내고 있다. 아들은 어린이집에, 아내는 산후조리원에, 둘째는 신생아실에 있다. 그리고 나는 이들이 머무는 곳곳에 찾아가 본다. 그리고 다시 모일 날이 가까워지고 있다.

'둘은 하나보다 두 배 힘든 게 아니에요. 세 배 네 배 힘들어요.'라는 현실적인 이야기를 하도 많이 들어서일까? 나는 시작도 하기 전에 지레 겁을 먹고 있다.

아무리 힘들어도, 지금 이 순간은 봄이다. 봄. 내 인생의 봄이다. 내게 봄과 같아서 내게 생명을 주고, 내게 신선한 바람 불어, 새로운 소망을 갖게 하네. 새로운 삶을 꿈꾸게 하네….

오르막길

첫째가 감기에 걸리고 둘째에게 옮겼다. 태어난 지 열흘 만에 이 세상의 바이러스를 처음으로 경험한 둘째는 엄마에게까지 감기를 옮겼다. 양쪽에서 콜록콜록거리는 밤중, 나만 홀로 멀쩡했다. 정신력으로 새벽마다 일어나 달렸던 게 효과가 있긴 있나 보다.

신생아가 콜록콜록 기침하고, 콧물 때문에 숨도 잘 못 쉬니 안타까웠다. 그러나 무엇보다 내 마음이 힘든 건, 건강했던 아내가 골골대는 모습 때문이다. 지난주엔 아내의 기분 전환을 위해 오랜만에 카페에 갔다. 몇 달 만에 화장한 아내는 무척 아름다웠다. 짧은 시간이지만 단둘이 앉아 커피에 와플 한 조각을 나눠 먹었다.

집에 돌아오자 현자(현실자각) 타임이 온다. 첫째를 키워본 경험이 있어서 다른 건 다 받아들여진다. 하지만 잠을 못 자는 건 여전히 적응이 참 안 된다. 둘째가 깨자 첫째도 깨고, 첫째가 우는 소리에 둘째가 잠을 설친다. 엄마가 동생 젖먹이는 동안, 첫째는 옆에 있던 엄마의 존재가 사라진 것을 귀신같이 알아차리곤 깬다. 새벽 1시, 모두가 잠들어 있는 그 시간. 우리 네 식구는 뜬눈으로 두 시간이나 깨어 있었다.

솔직히 첫째를 돌보느라 둘째 쳐다볼 여유가 없었다. 둘째는 오롯이 아내 몫이라고 떠맡겼다. 이만하면 됐지(이 말이 항상 관계의 평화를 망친다)라며 더 하려고는 안 했다. 하지만 현실적인 상황이 나를 더 깊은 사랑의 자리로 밀어냈다. '엄마 없인 못 자는 아들에게 엄마를 돌려주자.' 잘하진 못하지만, 새벽에 내가 일어나 둘째를 먹이겠다고 했다. 그게 우리 네 가족의 유일한 살 길이다.

자의 반 타의 반으로 아내에게 약속했다. 새벽 1시 타임의 수유는 내가 해보겠다고. 아내와 아들의 잠을 조금이라도 지켜주겠다고. 그 시간에 난 깊은 고요함 속에 가정을 위해 조금 더 기도해 보겠다고.

아내에게 프러포즈 할 때 선물했던 노래가 요즘 자꾸 떠오른다. 윤종신의 〈오르막길〉. 그땐 뭘 알고 이런 노래를 프러포즈로 선물했는지 모르겠지만, 이제서야 그 의미를 조금은 이해할 수 있을 것 같다.

여보, 우리 힘내자!

사랑하면 집요해진다

얼마 전 아내가 나를 향해 말했다. "참 집요하다."

그도 그럴 것이, 난 갖고 싶은 것이 생기면, 다시 말하면 마음에 뭔가가 들어오면 온통 그걸로 충만해진다. 안과 밖이 온통 사랑하는 그것으로 채워진다. 그것과 관련된 것을 찾아보고, 알아본다. 내 대화의 주제도 온통 그것과 관련된 것들뿐이다. 최근엔 내 집요의 대상이 없다시피 했다. 딱히 갖고 싶은 것도, 그렇다고 내 마음을 빼앗을만한 것도 없었다. 인생이 참 재미없어졌다고 해야 하나?

그나마 하나 생겼는데 바로 자동차다. 최근 몇 달 사이에 오래된 두 차가 연달아 고장이 났다. 오래된 차에 자꾸만 돈이 들어가니, 차를 바꿔야겠다는 마음이 찾아왔다. 거기에 엄마가 무턱대고 던지신 한마디, "엄마 일 그만두면 좋은 차 한 대 사줄게."가 내 마음을 흔들어놓는다. 유튜브는 이런 나의 욕망에 쉽게 불을 붙인다. 없는 자료가 없다. 영상을 하나만 찾아보면, 내 마음과 생각을 훤히 들여다보고 있다는 듯이 관련된 영상을 쏟아내준다. 그렇게 몇 주를 보다 보니, 십여 년 동안 관심도 없던 자동차 시장의 트렌드를 어느 정도 섭렵하게 되었다.

이런 나와는 달리 아내는 집요함이 없다. 감정의 기복도 적다. 우리 가정이 흔들리지 않는 것도, 항상성을 잘 유지하는 아내 덕분이라는 사실을 누구보다 내가 잘 안다. 욕망의 집요함을 가진 사람이 나 한 사람이라는 사실은 가정 경제에 큰 보탬이 되기도 한다.

아들과 매일 소방차를 보러 간다. 아들은 엄마보다는 나를 더 닮은 게 확실하다. 좋아하는 것에 있어서 매우 집요하다. 몇 달간 하루도 빠짐없이 소방차와 구급차를 보러 갔었다. 그렇게 다니기를 수십 차례, 소방서 시스템에 대해 많은 것을 알게 되었다. 직원분들의 면면과 지위체계, 소방차 구급차 자체 점검 시간 등을 파악했다. 오전에 십 분, 오후에 십 분. 딱 정해진 그 시간에 소방차와 구급차는 출동 점검차 소리를 내며 출동 연습을 잠깐 한다. 이 시간을 정확히 파악한 나는 아들을 목마 태워 꼭 정해진 시간에 소방서에 간다. 소방차가 그냥 서 있는 것만 봐도 아들은 삐뽀삐뽀 소리를 내며 좋아한다. 소방차와 구급대가 출동 점검을 하는 것을 보면 더 좋아한다. 물이 잘 나오는지 점검하는 것, 소방서의 소방관 아저씨와 이모들이 총출동하는 모습을 가까이서 지켜보기도 했다. 어제는 매일 오는 시안이를 보고 여러 소방관분들이 안녕, 하고 인사를 해주셨다.

"역시 난 집착쟁인가 봐."

자책하는 나에게 아내가 멋진 답을 들려주었다.

"집착이 아니라 관심이야."

아들은 소방차와 구급차를 사랑하고, 아들을 사랑하는 아빠는 아들이 사랑하는 것을 사랑한다. 그것은 집착 같기도 하고 집요함 같기도 하다. 그리고 그것은 분명 관심이고 사랑이다.

간간이

아이가 낮잠을 패스하고 모처럼 일찍 잠들었다. 일찍이라고 해봤자 9시 30분. 그나마 이것도 어딘가 싶어서 아내랑 뒷정리를 마저 하고 마주 앉았다. 할 말이 많았다. 서로 마음이 많이 너덜너덜해졌기 때문이다. 주말을 지나고 난 이 시간쯤에 드는 가장 주된 감정은 미안함이다. 사실 매일이 그렇지만.

우린 나름대로 최선을 다하고 있다. 나는 거의 석 달 동안 머리 깎으러 갈 시간조차 못 내서 장발을 하고 있는 중이다. 아내 또한 별반 다르지 않다. 이렇게까지 묶여 있어야 하나 싶을 정도로 나나 아내나 꽤 애쓰고 있다. 뭐든 그렇겠지만 육아는 더더욱 그렇다. 우리의 노력과 땀의 결실만큼 결과(아이의 성장)가 비례해서 따라주지는 못하는 것 같다. 다른 아이들은 너무나도 당연히 얻는 것들을 위해 우리는 많은 것을 감내하고, 기도해야만 했다. 그런 우리의 상황이 답답했던 것 같다.

하루는 아내가 힘들고, 또 하루는 내가 힘들다. 우리의 정서적 사이클이 정 반대라서 다행이다. 내가 약해진 날은 아내가 단단히 버텨주고, 아내가 약해진 날은 내가 단단해진다. 그렇게 우리는 서로를 싸매어 간간이 앞으로 나아가고 있다.

남들은 그냥 얻는 것들이 우리의 기도 제목이어서 감사하다. 물론 이것이 내 마음을 쏟은 완전한 고백은 아니다. 여전히 다 이해가 되진 않는다. 그냥 그렇게 감사하기로 했다. 그리고 여전히 터벅터벅 가는 도중, 이런 것까지 기도해야 하나 할 정도로 터벅터벅 가지만, 이 모든 과정에서 함께 기도하며 걸어갈 수 있다는 사실에 감사하기로 작정했다.

작은 소원

애들 재워놓고, 둘이 드라마를 잠깐 본다.

"나 소원이 있어. 드라마 좀 실컷 보고 싶어. 아이들 깰까 봐 조마조마하게 말고, 맘 편히. 남자들끼리 수다 없는 캠핑 하루 다녀오고 싶고, 시간에 구속받지 않고 드라이브 한 바퀴 다녀오고 싶어. 그러다 아무 커피숍(정말 어디라도 좋다)이나 들어가서 햇살 맞으며 커피 마시고 싶어."

지난주엔 남자 후배랑 한 시간을 통화했다. 연애할 때 와이프랑 통화한 이후로 이렇게 긴 시간을 누구랑 통화하는 게 처음이다. 아이들 다 재워놓고 스피커폰 틀어놓고 남자 후배와 나, 아내는 두런두런 담소를 나누었다. 우리가 모르는 바깥소식을 날라주는 후배의 이야기 때문만이 아니라, 누군가와 연결되어 있다는 그 느낌에 우리는 참 행복했다.

작은 즐거움, 소소한 연결, 짧은 휴식. 이런 것들이 지금 우리가 누리고 싶은 사치스러움의 목록이다.

좋은 남편과 좋은 나

여행이 주는 여러 이로움이 있다. 그중에 한 가지는 나를 좀 더 객관적으로 볼 수 있게 해준다는 점이다. 특히나 나 홀로 여행이 아니라, 객관적 타자가 되어줄 수 있는 누군가와 함께라면 그 깊이는 더해진다. 이번 여행에서 나는 내가 '좋은 아빠' '좋은 남편'에서 많이 멀다는 사실을 다시 한번 깨달았다.

나는 '좋은 나'가 되기 위한 노력을 많이 한다. '좋은 나'가 되기 위해 '좋은 이웃'이 되려고 했고, '좋은 선생님'이 되려고 노력했다. '좋은 아빠'가 되기 위해서도 부단히 노력했다. 그런데 '좋은 나'에 가장 중요한 지점인 '좋은 남편'이 되기 위한 노력이 많이, 아주 많이 부족했다는 생각이 든다.

가까운 사람일수록 그 사람을 자신으로 여긴다고 한다. 특히 배우자인 아내는 곧 나로 인식하여, 내 감정을 고스란히 드러낼 때가 많았다. 그냥 나니까 신경을 안 쓰게 되고 편하게 생각할 때가 많다. 더 많이 들어줘야 하고, 더 많이 귀 기울여야 줘야 하는 대상인데, 우선순위에서 뒤로 밀리는 경우가 많았던 것 같다.

아내에게 나는 좋은 남편이 아니라는 생각, 아내에게 우리 부모님도 좋은 시부모님은 아니라는 생각에서 시작하기로 했다. 우리 가정이 평안한 것은 나와 부모님 때문이 아니라는 생각, 오롯이 견뎌주고 묵묵히 이해해주는 아내 덕분이라는 생각으로 다시 시작하기로 했다.

의도치 않게, 남은 제주도의 일정을 우리 넷이서 보내게 되었다. 아내에게 더 집중해주려고 한다. 그리고 아이들에게 좋은 아빠, 엄마를 사랑하는 엄마에게 친절한 아빠가 되기로 더욱 결심해본다.

존경하는 아내

정신없이 교실을 정리하고, 서둘러 집으로 향한다. 매일매일 육아시간을 쓰는, 이런 나를 보며 혹자는 이렇게 생각했다고 한다. 아내가 어려서 혼자 애를 못 보는 거 아니냐고, 또 어떤 이는 기 센 아내에게 너무 꽉 잡혀 사는 거 아니냐고 말한다. 전자는 아직 결혼하지 않은 후배고, 후자는 자녀가 있지만 육아에 거의 참여하지 않은 선배다.

지난 몇 년간 육아를 하면서 온몸으로 체득한 사실은, 아이는 그냥 자라지 않는다는 거다. 누군가의 땀이, 누군가의 젊음과 눈물이 녹아 들어가야 한다. 내가 하지 않았다면, 누군가가 그 몫을 대신하며 기른 거다. 아빠에게 육아가 쉬운 일이었다면 엄마가 그 여백을 채웠을 것이고, 부모가 모두 편했다면 할머니·할아버지가 힘을 들였을 거라 생각한다.

아내나 나에게 문제가 있을 거라 생각하는 선배와 후배가 야속하다. 아무리 설명을 해도 그들은 분명 이해하지 못할 터. 아내가 어려서도, 아내가 기가 센 사람이어서 내가 눈치 보느라 그러는 게 아니라는 것을 아무리 설명해도 모를 거다. 내가 없으면 그 빈 공간은 고스란히 아내 혼자 채워내야만 하기 때문임을, 좀더 잘 키워보기 위한 욕심 때문이 아니라 이렇게라도 하지 않으면 살아낼 수 없기에 그렇게 하는 거다.

나야 어떤 사람으로 여겨지든 그렇게까지 억울하진 않다. 다만 착하디착한, 아니 그 지점을 넘어서 내가 진심으로 존경하는 아내가 누군가에게 그렇게 생각된다는 게 억울하다. 나는 집사람을(용어도 아직은 어색하지만), 아기 엄마를, 내 아내를 진심으로 존경한다.

새벽 설거지

새벽 설거지는 벼랑끝 전술이다.
물러날 수 없는 막다른 길이고,
내일을 기약할 수 있는 유일한 선택이다.

긴 한숨을 단잠으로 바꿔줄
고독의 공간,
나를 겸손하게 만드는
침묵의 시간.

새벽 세 시.
설거지 및 집 정리 끝.

명분 있는 쇼핑

'돈이 없어서가 아니라 시간이 없어서다.'

무언가를 사고 싶거나 하고 싶을 때, 하지 못하는 핑계로 우리가 자주 하는 말이다. 실제 그렇다. 시간이 없어서 할 수 없을 때가 많다. 아무것도 할 수 있는 능력이 없는 한 인간을 키워내는 일은 실로 엄청나게 많은 에너지와 시간을 필요로 하는 일이다. 아이를 맡기고 맘 편히 쇼핑을 할 만큼의 여유와 시간은 우리에게 허락되지 않았다.

그런데 사실 시간만 없는 건 아니었다. 우리에겐 그럴 만한 돈도 없다. 혼자 살 때나 둘이 살 때는 오롯이 우리를 위한 소비가 어느 정도 허락되었지만, 입이 두 배로 늘어간 지금은 이 모든 것들이 허락되질 않는다. 누군가는 욕구를 참아야만 균형이 맞추어지는 것이다.

오랜 육아휴직은 우리가 걸치는 것에도 결핍을 가져온다. 때에 맞는 적절한 쇼핑이 필요한데, 몇 년 동안 옷을 사지 않으니 옛날 옷만 옷장에 넘쳤다. 내가 봐도 아내는 입을 만한 옷이 별로 없다. 몇 주 전에 처남의 결혼식이 있었을 때만 해도 그렇다. 평생 몇 번 찾아오지 않는 기회였다. 금액과 상관없이 좋은 옷을 사라고 조언했건만 아내는 인터넷에서 저렴한 옷을 샀다. 썩 마음에 들어 하지 않는 아내를 보며 하나를 사도 제대로 된 걸 사는 게 절약하는 거라고 핀잔을 주었지만 사실 미안한 마음이 더 컸다.

'올겨울은 아내 옷만 사리라.' 어렵게 아이들을 부모님께 맡기고, 시간을 확보했다. 돈은 확보되지 않는 거라 그냥 카드로 질러야겠다고 결심했다. 아웃렛에 들어가자마자 첫 매장에서 처음 입어본 옷이 괜찮았다. 더이상 다른 옷들이 눈에 들어오지 않을 정도였다. 우리가 예상한 금액의 두 배였지만, 난 그냥 사라고 권했다. 하지만 아내는 결국 그 옷을 사지 않았다. 대신 세일이 왕창 들어간 이월상품 중에서 계획한 금액대에서 골랐다.

아내는 마음에 드는 옷으로 잘 샀다고 했지만 내 미안한 마음이 사라지지는 않았다. 사실 오늘 쇼핑의 목적 중 하나는 이 미안한 마음을 시원하게 해소하고 싶은 것이기도 했다. 패딩 하나 샀다고 겨우내 입을 옷이 넉넉해지진 않는다. '겨울 빈곤은 숨길 수 없다'는 말처럼 이번 쇼핑에서 한두 개쯤은 확 더 샀어야 했다.

아내랑 싸운 어느 날, 퇴근길에 아내랑 함께 갔던 그 아웃렛 매장을 혼자 들렀다. 아내가 못 고른 그 옷과, 내가 마음속으로 픽한 옷 한 벌을 담았다. 집에 와서 무심한 척 옷 두 벌을 건넸다. 부부싸움의 후유증과 오래 묵은 미안한 마음들이 조금은 해소되는 것 같았다.

"오늘 ○○○의 날이네."

이게 뭐라고 자신의 이름까지 넣어서 자기의 날이라고 말하다니. 사그라들었던 미안한 감정이 다시 일어난다.

시간과 돈이 부족한 상황에 우리는 놓여 있다. 하지만 그럴수록 자원을 오롯이 우리들에게로 쏟을 때도 있어야 한다는 생각이 든다. 왜냐하면 아이들뿐만 아니라 부모인 우리도 빤짝빤짝 빛나야 할 존재이니까.

아내의 지갑

아내의 본가에서 발견한 아내 학창 시절 지갑. 수수한 지갑 속에 그 시대를 읽을 수 있는 각종 멤버십 카드가 꽂혀져 있었다. 지금은 핸드폰 하나에 다 들어가 있는 그 모든 카드를 우리는 지갑에 가득 담아가지고 다녔다. 정작 그런 열심은 빛을 보지 못했다. 티끌같이 모은 멤버십 포인트를 한 번이라도 제대로 사용해보지 못했으니 말이다. 그 모든 노력은 그냥 내 열심이었다.

그 카드들 틈 사이로, 아내의 학창 시절 사진이 내 눈을 사로잡는다. 지금 모습과 별반 차이가 없는 앳되고 귀여운 모습의 학생이 그곳에 서 있다. 아내를 처음 봤을 때, 허영기 없는 그 아름다움이 좋았다. 그 시절 그때처럼, 여전히 아내에게서는 꾸미지 않은 아름다움, 화려하지 않은 예쁨이 뿜뿜 뿜어져나오고 있다. 참 사랑스럽다.

반면 나는 나의 외형적인 모습에 신경을 많이 쓰는 사람이다. 자기 치장을 좋아하고, 무엇을 입을까 자주 고민하는 사람이다. 나는 안다. 이 모든 것들이 자존감이 탄탄하지 못한, 결핍된 내면 때문이라는 것을.

아내는 좋은 것이 있으면 나를 위해 사 주고, 정작 자신은 그 흔한 명품 가방이나 변변한 옷 한 벌 없이 수수하게 지내왔다. 철없던 시절 나는 아내가 주는 것들을 넙죽넙죽 잘도 받았다. 시간이 흐르면서, 그런 것들을 당연한 듯 계속 받을 수가 없었다. 부끄러움을 알게 되었고, 욕심을 덜어내려고 노력도 많이 하고 있다.

우연히 발견한 사진 한 장이 참 많은 것들을 생각하게 한다. 나에게 학창 시절은 아주 먼 옛날, 스무 해나 훌쩍 지난 일이지만, 아내의 그것은 불과 십 년도 채 되지 않은 일이다. 아내는 여전히 젊고 아름답다. 그 화려한 시기를 엄마라는 수수한 신분으로 살아가는 아내가 짠하다.

지금까지는 이 모든 소비가 나를 향해 있었다면, 이젠 아내를 위해 적극적으로 전환해주고 싶다. 복직만 하라며, 사달라는 것은 다 사주겠다며, 호언장담을 하고 있다. 이렇게 말해도, 정작 그 시기가 되면, 자기를 위해 옷 하나 사는 것도 고민에 고민을 더할 아내를 생각하니 또다시 미안하다.

하지만 그것이 아내의 아름다움이다. 아내의 학창 시절 사진 속에 딸의 미래의 모습이 오버랩되기도 한다. 딸도 엄마처럼 아름답게 크면 좋겠다. 내면이 넓은 사람, 화려하지 않아도 아름다운 사람, 수수하지만 누구나 인정하는 우아함이 넘치는 사람. 그렇게 자라나주면 참 좋겠다.

3장 그렇게 아버지가 되어간다

고통은 인내를,

인내는 성장과 성품을 빚는다.

어른들의 별에서

나는 인생이 수동적으로 끌려가는 것이라고 생각한다. 우리가 능동적으로 계획하고 주체적으로 만들어가는 것 같지만, 인생은 그리 녹록치 않다. 원하는 대로 되지도 않는다. 인생의 굴곡진 그래프도 우리의 계획이나 의도가 반영되지 않는 경우가 많다. 원치 않았지만 고통의 순간 혹은 결핍의 순간을 버텨야 하고 지나가야만 한다. 하지만 원치 않았던 고통과 결핍의 시간이 유의미한 무언가를 만들어 내기도 한다. 그 순간을 통과하고 나면 보석같이 빛나는 무언가가 남기도 한다. 나에겐 육아의 시간이 그랬다. 여러 상황 때문에 답답한 육아를 해야 하는 시간 속으로 들어가게 되었고, 그 시간속에서 버텨야만 했다. 하지만 지나고 나니 내 삶에 깊은 생채기를 냈고, 무언가를 남겼다.

먼저는 나 자신의 성장이다. 책으로도, 그 누군의 조언으로도 되어질 수 없는 깊어짐을 육아의 시간을 통해 경험했다. '거울육아'라는 말이 있다. 자녀를 통해 자신을 보게 된다는 것이다. 오랫동안 감추어져 있던 상처와 내 마음의 방어심리, 꾹꾹 눌려왔던 욕망과 여러 감정이 극한의 상황에서 생생하게 드러났다. 무엇보다 아이를 보며 나와 대면하는 시간이었다. 고통스러웠지만 분명 깊어지고 성장했다. 그렇게 나는 어른이 되어갔다.

둘째는 타인에 대한 공감이다. 가장 가까운 아내에 대한 공감,

부모님에 대한 공감 이웃에 대한 공감이다. 홀로 육아를 경험해보지 못했다면 나는 평생 아내를 이해하지 못했을 거다. 찰나의 시간이었지만 평생의 자산이 되었다. 부부싸움을 할 때마다 결국은 내가 사과한다. 이 시간들 덕분이다. 그렇게 나는 남편이 되어갔다.

부모가 되어봐야 부모의 마음이 깨달아진다. 단순한 이해가 아니라 공감이 된다. 이럴 땐 이래서 부모님이 그러셨구나, 이때 부모님은 참 힘드셨겠다, 어떻게 이 시간들을 오롯이 견디신 걸까? 이런 감정들이 나를 훑고 지나갔다. 모든 감정이 부모님 감정으로 치환되었다. 아이를 키워보니 내가 가르치는 아이들의 학부모님들 마음이 이해가 된다. 밤에 전화하는 마음도, 나에게 따지듯 했던 감정 상태도 이해가 되었다. 아이들 하나하나가 다 다르게 보였다. 실로 어마어마한 인생이 내 앞에 와 있는 것이었다. 내 아이를 기르는 데 쏟은 나의 땀으로 인해, 우리 아이들을 기르는 다른 부모들의 땀을 볼 수 있는 눈이 생겼다. 나보다 힘든 이들의 고통에 대해서도 좀더 관심을 가지게 되었다. 작은 것이라도 나누고 어떻게든 돕고자 마음 쓰게 되었다.

그렇게 나는 남편이 되어가고, 부모가 되어가고, 어른이 되어가고 있다.

"이 어른은 정말 위로를 받아야 한다." — 쌩떽쥐뻬리

비로소 보이는 것들

육아로 집에 있으면서는 아침 일찍 밖에 나와본 적이 없다. 아이의 잠 스케줄에 맞춰진 때문이기도 하고, 코로나 때문에 사람이 많이 몰리는 시간대에 외출하기가 꺼려지는 탓이기도 하다. 그러다 아주 가끔, 이 모든 이유를 제쳐두고라도 외출이 필요할 때가 있다. 그 시간대에 나와 보니 집에서는 볼 수 없는 딴 세상이 있었다.

7시 30분에서 8시 사이에는 주로 중고등학생들이 많이 보인다. 그 뒤로 8시 30분에서 9시 사이는 초등학생이 많이 보인다. 9시 30분에서 10시 사이에는 평소에는 볼 수 없던 엄마 부대가 등장한다. 어린이집이나 유치원 등원을 위해 나온 엄마와 자녀들 모습을 많이 볼 수 있다. 오늘은 10시 정도에 산책을 나왔으니 어린이집 앞에서 바로 이 무리들을 볼 수 있었다. 어린이집 안 가려는 자녀와, 우는 자녀를 달래며 선생님께 부탁하는 부모들 모습이 애절하다. 지나가는 길에 내 품에 안겨 있는 아들에게 물었다.

"아들아, 어린이집 가고 싶어?" 질문의 뜻을 아는지 모르는지, 옹알이로 "웅!" 하는 아들의 힘찬 목소리를 들을 수 있었다. 평소 볼 수 없었던 자기 또래 아이들이 많이 보이는 게 신기한 듯하다.

예전엔 저 자리에 어린이집이 있는 줄도 몰랐다. 무심코 지나치던 것이 하나하나 새롭게 눈에 들어오기 시작했다. 키즈카페, 노키즈존 팻말, 놀이터, 소아과, 스쿨버스 등이 새록새록 눈에 밟힌다. 쇼핑몰에서도 키즈존은 쳐다본 적조차 없었다. 내 옷 보는 것만으로도 바빴던 시절이 있었건만 지금은 아이들 옷과 신발만 보인다. 아들 또래의 아이들 얼굴이 눈에 쏙쏙 들어오고, 나와 같은 육아 동지들의 처절한 몸부림이 너무 잘 읽힌다. 유모차를 끌고 나온 할머니의 굽은 등에 시선이 머문다. 코로나 시국이지만 바람이라도 쐬러 나올 수밖에 없었을, 아기 띠를 맨 어린 부모에게서 눈을 돌리기가 어려워진다.

이 모든 것들은 멈추면 비로소 보이는 것들. 아니, 낳으면 비로소 보이는 것들이다.

채워지다

혼자 살 땐 나만의 것으로 내 삶이 충만하게 채워져 있었다. 내가 좋아하는 야구, 커피, 여행, 책, 음악. 이것들만으로도 내 삶을 채우기엔 부족하다. 둘이 살게 되면서 내 공간에 아내의 그것들도 채워지기 시작했고 몇몇 집안일, 함께 드라마 보기, 맛집 가기, 주말 데이트 등이 추가됐다.

셋이 되니 내 공간도, 우리 둘의 공간도 점점 사라져간다. 야구 용품과 신발로 가득했던 차 트렁크는 이미 아이 물건으로 점령당한 상태다. 음악을 들으려고 너튜브를 켜보니 온통 동요와 뽀로로뿐이다. 널려 있는 빨래는 말할 것도 없고 바구니엔 온통 아이들 옷으로 쌓여 있으며 옷장과 책장 역시 아이 물건이 내 물건을 밀어내고 있다. 나 중심의 인간관계는 자연스레 정리가 되고, 육아 동지가 될 수 있는 인간관계만 근근이 유지되고 있다. 내 시간과 동선이 전부 아이를 위한 것으로 조정됐다. 우리한테 오는 택배의 팔 할은 아이의 것이어서 이젠 택배 문자가 반갑지도 않다. 오랫동안 키워왔던 정든 화분들도 입양 보내고 있다.

몇 년 전 육아 선배 집에 놀러 가서 물은 적이 있다.

"식물은 안 좋아하시나 봐요? 화분이 하나도 없네요."

"어. 애 키워봐. 나 자신도 챙기기 힘든데, 누굴 챙겨."

그 선배의 말이 하나도 틀리지 않았다. 오늘 나는 나의 분신과도 같던 화분들을 떠나 보냈다.

"미안하지만, 너희들까지 챙기기엔 내가 한없이 부족하다. 잘 가라."

건강검진

몇 년 전 교사 연수에서 가치관 실험을 한 적이 있다. 내가 일 번으로 선택한 가치는 꿈, 열정, 비전 같은 야심찬 것들이었고, 나보다 십 년을 더 산 선배가 선택한 가치는 건강이었다. 그때의 나는 고개를 갸우뚱했었다. 나에겐 건강보다 가슴 뛰는 일이 먼저라고 생각했던 젊은 시절이었다.

그땐 틀렸던 것들이 지금은 맞고, 그땐 맞았던 것들이 지금은 틀리다. 그때의 나에게 이해되지 않았던 것들이, 그 선배의 나이가 되니 자연스럽게 이해가 된다. 나는 그리 특별한 사람도, 특출 난 사람도 없다고 생각한다. 누구에게나 비슷한 인생의 과업이 있고, 인생의 단계마다 해결해야 하는 비슷비슷한 문제들을 안고 살아간다. 조금씩은 차이가 있을지 모르지만, 우리는 다 거기서 거기다. 이 나이가 되고 보니 이전 선배들의 삶이 자연스레 내 삶이 된다. 나는 조금 다르게 살 것 같지만, 실상은 그렇지 않다. 인생에 대한 자신감은 삶에 대한 교만이라 생각한다. 결국 나도 다를 게 없다.

어제는 건강검진을 받았다. 아이가 생기고 나서 받는 첫 건강검진이었다. 원래부터 위와 장이 좋지 않았던 나는 항상 위장 내시경을 함께 받아왔다. 이번에도 평소와 똑같이 위장 내시경을 추가하기로 했다. 그런데 마음가짐은 이전과 같지 않다. 묘한 걱정과 두려움이 찾아온다. 이젠 혼자의 몸이 아니라는 사실이 그 걱정을 배가시킨다. 평소에 하지 않던 내 몸에 대한 기도까지 해본다. 지금 내가 사라지면 안 되는 이유가 눈앞에 선하다. 아이들도 아내도, 그리고 아내의 배 속에 있는 아이와 늙은 부모님까지. 내가 아직 이 땅에 살아서 챙겨야 할 사람들이 많다.

이런 책임감은 내 몸에 대한 태도도 바꾸어놓았다. 내 몸은 나 혼자만의 것이 아니다. 내 몸을 잘 보살피고 관리해야 할 책임도 있게 된 것이다. 지금까지는 '나 혼자만의 몸'으로 함부로 사용해왔다면 남은 절반의 시간은(평균수명, 기대수명에 근거한다면…) '우리의 몸'으로 잘 관리해야 한다.

꿈, 열정, 비전. 가슴 뛰는 이런 것들 좋다. 하지만 화려하게 사는 삶보다 그저 삶 자체를 허락받는 것이 더욱 중요해졌다. 기본으로 돌아가 본다. 잠, 먹는 것, 운동하는 것. 내 몸을 위한 이런 기본적인 것들을 다른 어떤 것보다 우선한다. 나를 위해서? 아니 우리를 위해서….

아침부터 엄마한테 전화가 왔다.

"대윤아, 아빠 핸드폰으로 사진 좀 보내야 하는데 잘 안 된다."

예전 같으면 그것도 못하냐면서 짜증부터 냈을 텐데, 그래도 좀 컸다고 그 마음 꾹 누르고 말했다. "내가 안 보이니까 잘 모르겠어. 엄마 폰으로 영상통화해서 아빠 핸드폰 좀 보여줘. 그럼 설명해줄게." 그렇게 영상통화 화면으로 아빠 핸드폰을 보는데, 흔들려서 잘 보이지가 않았다.

아침부터 일찍 일어나 아이 보랴, 밀린 빨래하랴. 마침 그땐 쌓여진 빨래를 개고 있었고, 아들은 내가 갠 빨래를 해체시키고 있었다. 이런 내 상황을 모른 채 사소한 일까지 물어보시니 짜증이 슬슬 올라오기 시작한다. 더욱이 최근에 에어컨 AS 신청, 핸드폰 영상통화 안 되는 문제 해결, 동생 자주 연락하기, 자동차 열쇠 배터리 교환, 체중계 배터리 교환 등 이젠 나이가 드셔서 사소한 것까지 아들에게 의지해야만 했던 부모님이셨기에, 그 속상함이 짜증으로 표현되고 있었다.

"화면에 보이는 거 눌러봐."

"왜 안 되지? 나도 모르겠어."

짜증 내기 직전까지 간 나의 위태위태한 감정을 읽었던지, 아이 아침을 준비하던 아내가 달려온다.

"네, 어머니, 그거 맞는 거 같아요. 두 번째 표시된 거 눌러보세요."

"오~ 된다, 된다. 역시 며느리가 훨씬 더 설명을 잘한다. 사랑한다, 아가."

그렇게 엄마는 아들의 인사도 받지 않고, 당신 할 말만 하시고 전화를 끊으셨다.

심리적 거리와 친절도는 왜 반비례하는 것일까? 왜 나를 키워준 부모님께 그 작은 친절 하나 온전히 베풀지 못하는 것일까?

항상 삶의 구체성을 놓치지 않고자 노력한다. 거창한 선을 추구하지만, 내 앞에 제시된 작은 선을 먼저 행할 수 있어야겠다고 다짐한다.

내 인격의 마지막 보루는 가족이다. 내가 가장 편하게 생각하는 가족에게 나는 어떠한 사람인가에 대한 규명은 곧 진짜 나에 대한 규명이다. 나는 인격은 아직도 멀었나 보다. 더 깊은 곳까지 잠겨야 하고, 더 많은 것들을 내려놓는 과정이 필요한 것 같다. 가장 가까운 이에게 베푸는 가장 작은 친절은 세상에서 가장 작은 실천이자 가장 위대한 행위인 것이다.

p. s.

나의 거칠고 모난 부분을 어루만져주고 다듬어주는 현숙한 아내의 존재가 참 감사하다.

아들이 태어난 날

이 아이가 빨리 자라면 좋겠는데,
이 녀석이 자라면 우리 엄마 아빠는
늙는다.

이 아이가 빨리 걸었으면 좋겠는데,
이 녀석이 걸으면 우리 엄마 아빠는
못 걷는다.

이 아이가 빨리 말을 하면 좋겠는데,
이 녀석이 말을 하게 되면 우리 엄마 아빠는
귀가 어두워진다.

이 아이가 빨리 지적으로 성장했으면 좋겠는데,
이 녀석이 지적으로 성장하면 우리 엄마 아빠는
깜빡깜빡 하실 거다.

미래는 기대와 슬픔이 공존하는 곳
나는 미래와 현재의 사이에서 무기력한 존재.

그저 현재에 풍성하게 머물자!

아들 먹일 게 없다. 아들이 음식 창고를 열더니, ○○마을에서 파는 해물 주먹밥을 꺼낸다. '어쩌다 한번인데 어때, 이거 먹이자.' 하루나 지난 밥에 양념을 팍팍 쳐서 주먹밥을 만들었다. 아들 입에 하나씩 넣어주었다. 먹다가 갑자기 아이가 운다. 입안에 있는 것들을 뱉어내게 했더니, 피 같은 게 섞여 있다. 아무래도 밥이 오래돼서 밥알이 딱딱해졌나 보다.

누구를 탓할 것도 없다. 내 잘못이다. 입덧이 심한 아내에게 이전처럼 반찬을 요구할 수는 없다. 일단 아침에 먹을 전복죽을 며칠 치 만들어 놓아야겠다고 결심했다. 아내가 해왔던 것 중에 그게 제일 쉬워 보였다. 주문한 전복이 오후에 도착했다. 아내가 퇴근해 아이를 볼 동안 요리를 시작한다. 한참을 애써서 전복을 다듬었는데, 내 앞에 놓인 전복의 양은 참 초라했다. 그렇게 한 시간을 꼴딱 매달렸다. 손도 데었다. 맛이 있을지는 모르겠다. 이 많은 죽을 아들이 먹지 않으면 다 버려야 한다.

드디어 내 요리의 평가 시간이다. 아이 입에 호호 불어서 넣어주었다. 한 입 두 입, 입이 마중을 나오기 시작한다. '완죽'이다. 싹싹 비워냈다. 이 모든 노력과 영광의 상처가 단번에 아문다. 탄력을 받았다. 다음날도 냉장고에 보관된 요리 말고 즉석요리를 시도해본다. 여느 일식집처럼 즉석요리를 시도한다. 아이 의자를 요리하는 내 바로 앞에 놓이고는, 따끈한 떡갈비를 즉석에서 내놓았다. 아주 잘 먹는다. 기분이 매우 좋다. 좋은 것 자식 입에 넣어주는 것만큼 보람된 일은 세상에 없을 것 같다.

아이를 먹이면서 나 또한 달라지고 있다. 바닥에 떨어진 것을 주워 먹는 '땅거지 기질'이 생겼다. 다른 이유도 붙일 수 있겠지만 가장 원초적인 이유, '배가 고파서'다. 아이 먹이고, 집안일 좀 하다 보면 내 입에 들어가는 것은 자꾸만 뒷전으로 밀린다. 배가 허기지니 이것저것 안 가려진다. 나도 모르게 바닥에 떨어진 것을 입으로 가져간다. 가끔은 떨어진 음식이 평소 우리가 먹지 못하는 귀한 음식일 경우가 있다. 그럴 땐 아까워서 먹는다. 때론 떨어진 것을 저 멀리 쓰레기통까지 가져가기 귀찮아 내 입에 버리기도 한다. 다양한 이유로 나는 본능적으로 주워 먹는다.

좋은 것은 아이 입에, 남고 떨어진 것은 부모 입에. 오늘도 어김없이 부모님 생각이 난다. 주말에 놀러 오시면, 맛있는 건 엄마 입에 몽땅 넣어드려야겠다.

바람은 사랑이어라

하루 종일
뜨겁게 내리쬐는 뜨거운 햇볕에
삶이 녹아내린다.

아이의 등에도
아이의 목 뒤 접힌 살에도
꽉 묶은 기저귀 사이에도
어김없이 찾아드는 더위.

부채 든 부모의 손을 타고 나온 바람이
어느새 아이의 구석구석에
도달해 있다.

메마른 부모의 손
깡마른 할머니의 손
그 손을 빠져나와
부채를 통과하고
공기의 매질을 거쳐
아이의 등, 목 뒤, 꽉 묶은 기저귀 사이를 살피다
심장까지 도달한다.

선풍기와 에어컨에게 내주었던
바람의 외주(外注)를
되찾아 와야 할까.

그들은
이 모든 사랑의 파장을 대신할 수도
대체할 수도 없으니 말이다.

뜨거운 한여름 밤
아이를 향한 끊임없는 부채질
그 서늘한 사랑.

날 닮지 않았으면

아들이 자기 손으로 자기 얼굴을 긁어놨다. 아내와 나는 아들의 상처를 볼 때마다 기분이 좋지 않다. 손톱을 잘라준다고 잘랐으나, 하루가 멀다 하게 얼굴을 상처를 내는 아들 때문에 걱정이 쌓인다.

상처 난 아들의 얼굴을 보자니, 예전 내 모습이 떠오른다. 나는 어려서부터 얼굴에 손톱만 한 희미한 점을 가지고 태어났다. 지금 같으면 레이저 시술로 아주 쉽게 제거했을 텐데, 그 당시에는 그만한 의료가 허락되지 않았다. 얼굴에 있는 점은 나에게 지독한 콤플렉스였겠지만, 부모님에게는 그보다 더 큰 아픔이었으리라는 생각이 든다.

너댓 살 정도의 아주 어린 시절. 자고 있는 내 얼굴을 만지작만지작 하시면서, "우리 대윤이 우리 대윤이" 하신 부모님과 할아버지 할머니 목소리가 기억이 난다. 볼에 난 점을 지워주지 못한 부모의 마음이었고, 내가 기억하는 가장 오래된 부모의 아픔이다.

초등학교 5학년이 돼서야, 가까운 외과에서 점을 제거하는 시술을 하게 된다. 좀더 많은 정보를 가지고 알아봐야 했으나, 그럴 형편이 못됐다. 나는 그 점이 지독히도 싫었다. 내가 보채는 바람에 급하게 수술을 감행하여 점은 사라졌으나, 내 얼굴에는 점보다 더 참기 힘든, 긴 흉터 자국이 선명하게 생기고 말았다.

지금에서야 느껴지는 마음인데, 그 상처를 얼굴에 달고 살아갔던 나보다, 그 상처를 보며 견뎌낸 부모님의 마음의 무게가 더 무거웠으리라 생각이 든다.

지금도 환절기만 되면 코를 훌쩍거리는 나를 보며, 자식에게 안 좋은 것을 물려준 것만 같아 미안해하는 엄마를 본다. 차를 타면 멀미를 하고, 소화를 잘 못 시키는 모습도 본인들이 물려주게 된 좋지 않은 유전자라 생각하시는 듯하다.

아이가 감기에 걸려 훌쩍거린다. 검사를 해보니 키는 조금 작은 편에 속한다 한다. 이런 아이를 보며 괜스레 미안한 마음이 든다. 내가 가지고 있는 비염, 알레르기 체질, 좋지 않은 유전자는 제발이지 물려받지 않았으면 한다. 그럼에도 나를 닮아 그 유전자가 그에게 흘러들어갔을 테니 나 또한 내 부모님처럼 미안하고 또 미안하다.

돌멩이

40여 년 전, 울 엄마는 아들을 낳으셨다. 그 당시 고된 시집살이 중이셨던 엄마는 아들을 둘 낳은 게 천만다행이라고 하셨다. 그땐 그랬다. 주변에 아들을 낳으려다 딸만 넷을 낳은 가정이 몇 있었다. 그땐 엄마가 이분들에게 부러움의 대상이셨단다.

시간은 흘러, 견고할 것만 같던 그 시대의 것들이 변하기 시작했다. 지금 엄마는 딸만 넷 낳은 그분들을 무척 부러워하고 계신다. 며느리를 향해서는 둘째는 꼭 딸을 낳아야 한다고 조언까지 해주셨다. 엄마의 바람 덕분인지 둘째는 딸이다.

엄마는 옛날을 자주 회상하셨다. 소풍날이 되면 엄마는 "맛있는 거 사 먹어라~" 하며 나와 내 동생에게 각각 천 원씩을 손에 쥐여주셨다. 하지만 천 원을 소비하는 방식에서 나와 동생은 큰 차이를 보였다. 나는 짠돌이였다. 먹고 싶은 것, 사고 싶은 것 꾹 참아가며, 지폐 한 장을 꾸깃꾸깃 그대로 가져와 엄마한테 도로 내밀었다. 동생은 달랐다. 이것저것 자유롭게 사 먹고, 할머니와 엄마 선물또 꼭 사 왔다. 50원, 100원 하는 목걸이며, 반지 같은 자질구레한 것들을 꼬박꼬박 사다가 여인들의 손에 쥐여주었다.

시간이 지나고 나서야 알게 된 것인데, 엄마는 그렇게 뭐라도 사가지고 들어오는 동생이 예뻤다고 하셨다. 무뚝뚝한 남편에 고약한 시어머니를 모시고 사셨던 엄마의 인생에 빛나고 향기 나는, 여인네들이 받을 만한 선물은 그 누구도 안겨주지 못했을 것인데, 동생은 그걸 선물했던 것이다. 그렇다고 내가 엄마를 생각하지 않았냐면 그건 아니다. 나는 나대로 어려웠던 집안 형편을 속속들이 알고 있었기에 내 입으로 들어가는 작은 사치, 내 마음을 즐겁게 하는 유흥에 그 돈을 소비할 수 없었던 것 같다.

지금은 멀리 사는 동생보다 내가 더 딸같이 행동한다. 그럼에도 엄마의 마음을 여전히 위로하는 건 장남인 내가 아니라, 공감 능력 떨어지고 어리숙해 보이는 동생이다.

어제 방학한 아내를 집에 쉬라고 두고, 시안이를 데리고 놀이터에 갔다. 우연히 놀이터에서 발견한 예쁜 돌을 아들은 소중히 손에 쥔다. 꽉 쥔 돌멩이를 노는 내내 놓지 않았다. 심지어 아빠인 나에게 맡기지도 않았다. 돌아오는 유모차에서도 손에 꽉 쥐고는, 집에 도착하자마자 엄마한테 준다. 따뜻한 온기가 담긴 돌멩이를.

아내가 부러웠다. 또한 한편으로 다행이다 싶었다. 아들은 나 같지 않고, 엄마에게 따뜻함을 선물할 줄 아는 아이라서 다행이다.

p. s.

어린 시절의 나도 마음 따듯한 아이였구나, 하는 생각이 든다. 아들이 아내에게 건넨 그 온기 가득한 돌멩이처럼, 내가 엄마에게 내밀었던 꾸깃꾸깃한 천원짜리 지폐도 온기 가득한 사랑의 선물이지 않았을까.

부도 수표

아들 혼자 애 키우는 게 안쓰러우신지, 아니면 그냥 손자가 귀여운 건지 모르겠지만. 부모님이 평일에 가끔 놀러 오신다. 그런데 막상 오시면 애는 잘 못 봐주신다.

엄마는 워낙 아기를 좋아하는 분이다. 동네에 아이란 아이는 다 업어서 키워주셨다. 내가 고등학교·대학교 다닐 때에도 우리 윗집·앞집·옆집 아이를 다 업어서 키우셨다. 지금도 그 아이들이 명절이면 자기 할머니한테는 인사 안 해도 우리 엄마한텐 꼭 인사하러 들른다. 나도 그런 엄마를 닮아 아기를 좋아한다. 그런 엄마가 입에 달고 사셨던 말. “나중에 애만 낳아라. 엄마가 다 키워줄 테니까.”

난 엄마의 그 말을 찰떡같이 믿었다. 그런데 우리 엄마는 그때의 엄마가 아니다. 아이를 업는 것도 힘에 부치고, 아이랑 노는 것도 힘들어하신다. 요즘 부쩍 늙으셨고, 몸이 많이 안 좋아지셨다. 그래서 엄마가 와도 별로 도움이 되지 않는다. 아니 할 일이 두 배가 된다. 아기 밥도 내가 차리고, 엄마·아빠 밥도 내가 차린다. 아이도 내가 보고, 엄마·아빠도 내가 본다.

엄마·아빠 가시고 나면 설거지거리가 두 배다. 그런데 이상하게 엄마·아빠가 왔다 가신 날은 힘들지가 않다. 그냥 좋다. 엄마는 돌아가서도 마냥 미안해하신다. 나는 쿨하게 말한다. "엄마, 또 와."

가까이 계시며 아이들을 도맡아 돌봐주신다거나 자주 손주들을 보러 오셔서 아들 부부더러 나가서 쉬다 오라고 하신다는 이웃들의 부모님 이야기에 부러움을 느끼던 때가 있었다.

내가 정말 큰일 날 생각을 한 것 같다. 난 앞으로도 육아를 할 거지만, 엄마 아빠도 평생 챙길 거다. 애는 안 봐주셔도 되니까, 오래오래 내 옆에 계시면 좋겠다.

엄마의 자리

엄마가 병원에 입원하시게 됐다. 엄마가 몸이 좋지 않다는 사실만으로 내 마음은 충분히 어렵다. 하지만 살아내야 하고 내가 할 수 있는 것을 해야 한다.

하필 이럴 때 아빠 핸드폰이 망가졌다. 아내가 퇴근하자마자 아들을 잠깐 맡기고 아빠 핸드폰을 대신 사러 갔다. 이전 핸드폰은 아빠랑 나랑 같이 가서 산 추억이 있는데, 이번엔 혼자 오게 되었다.

새 핸드폰을 아빠가 사용하실 수 있게 만들어 드렸다. 엄마 없이 저녁도 못 드실 것 같아 저녁을 사서 갔다. 아니다 다를까 깜깜한 집안에 불 하나 안 켜고, 티브이 화면 하나 켜놓고 계셨다. 환하게 불부터 켰다. 아빠의 저녁을 챙겨드리고 핸드폰을 건네 드렸다.

가는 날이 장날이라고, 축사에 일이 생겼다. 대학교 이후로 15년 만에 아빠·엄마가 일하시는 축사에 들어갔다. 숨이 턱 막힐 정도로 공기가 탁하다. 잠깐 들어갔다 나왔는데도 엄마 아빠의 고된 삶이 고스란히 느껴졌다.

병원에 계신 엄마에게 영상통화로 아이를 보여드렸다. 그리고 엄마는 아빠를 찾는다. 이제껏 두 사람이 영상통화를 하신 적이 있으셨나? 수화기 너머로 서로를 걱정하시는 두 분이 애처로웠다.

돌아오는 차 안에서 눈물을 흘렸다. 엄마와 아빠의 인생은 왜 이토록 버거울까? 오히려 두 분은 덤덤하실 것 같지만, 나는 오늘 이 하루의 장면이 오래오래 가슴에 남을 것 같다. 집에 돌아와선 슬프지만 내 일을 해야 했다. 아이 씻기고 아이 아침을 만들었다. 밀렸던 설거지를 하고, 정리를 하고 누웠다. 안 하고 싶었지만 내일 일어나 이것들을 보면, 모든 것을 놔버리고 싶을 것 같았기 때문이다. 그리고 마지막으로 이 모두를 위해 기도했다.

이 모든 일은 그동안 엄마가 우리 가족을 위해 하루도 빠짐없이 해오셨던 일이다. 엄마는 얼마나 울었을까? 너덜너덜해졌을 엄마의 마음을 생각하니 참 많이 미안했다.

그릇 명상

부모님께서 이번 주에도 손주를 보러 오셨다. 엄만 오랜 시집살이를 하셔서 육아로 힘들어하는 아내를 누구보다 깊이 이해하신다. 오늘도 어김없이 고생하는 며느리를 위해 음식을 손수 다 싸오셨다. 몸보신 해야 한다며 소고기도 잔뜩 사 오셨다. 엄마가 싸온 음식들로 오랜만에 내 배를 집밥으로 가득 채웠다. 설거지는 나의 몫이다. 평소와는 다르게 설거지거리가 꽝 많다. 식기세척기를 사달라 파업도 해보았지만, 아내에겐 씨도 안 먹힌다. 사실 한편으론 노동의 숭고한 가치를 느낄 수도 있고, 가족을 위해 표시 나는 무언가를 할 수 있다는 스스로의 자부심 때문에라도 설거지를 계속하고 싶은 마음이 한편에 있다.

설거지를 한참 하는 도중, 2년도 안 된 신혼집에선 나올 수 없는 누런 물때 가득한 락앤락 통이 내 눈에 발견된다. 뽀독뽀독 문질러도 그 오랜 시간의 흔적이 한순간의 힘으로 지워질 리 만무하다. 새 그릇들 사이로, 서럽게 뉘여 있는 그 통이 마치 엄마의 인생과도 같아 보였다.

식기대에 우리 세대의 그릇과 묵은 부모님 세대의 그릇이 공존해 있다. 내 뒤로 부모님 세대가 있고, 우리 세대 앞에 이제 막 태어난 아이들이 있다.

사실 시골 엄마의 부엌 찬장에는 새 락앤락, 새 그릇도 몇 개씩은 숨겨져 있을 것이다. 하지만 쓰던 것이 편하다며 세월의 때가 묻어 있는 그릇을 버리지 못하시고 새것은 우리에게 주려는 엄마의 그 마음을 나는 안다.

오늘도 나는 그릇의 묵은 때를 깨끗이 닦아내는 거룩한 의식을 한다. 매일 닦아내도 수년, 수십 년 세월의 숨결은 고스란히 남는 것 같다. 세대와 세대 사이로 흘러가 모든 곳에 깊이 스며드는 것 같다.

내리사랑

십 년 전 나는 고창의 시골학교에서 근무했는데, 출퇴근할 수 있는 거리가 아니어서 교직원 관사에 살았다. 월요일 아침이면 한 주간 생활할 짐을 싸서 내려가야 했다. 금요일엔 퇴근하자마자 집으로 돌아왔다.

그러던 어느 날, 난생처음 새 차를 구입하게 됐다. 아버지는 내가 유치원 때 차를 처음 사신 이후 새 차를 사보신 적이 없는데, 아들이 아무 생각없이 덜컥 새 차를 지른 것이다. 지금 생각하면 참 철이 없었다. 그런 아들이 월요일에 출근할 때면 아버지는 구두를 닦아놓고 세차도 해놓으셨다. 그러지 말라 해도 꼭 그렇게 하셨다.

오늘 우리 아이에게 새 차가 생겼다. 정확히는 선물을 받았다. 집에 가져오자마자 욕실에서 깨끗이 세차했다. 사실 요즘 내 차도 세차 안 하는데, 아들 탈 차는 허리가 아픈데도 구석구석 꼼꼼히 씻어주었다. 하나도 안 힘들었고, 요 며칠 구내염을 앓고 있는 아이가 이걸 보고 얼마나 좋아할까, 하는 생각에 콧노래까지 나왔다. 아이가 낮잠에서 깨어났을 때, 곧바로 "짜잔~" 하며 아이의 눈 앞에 새 차를 공개했다. 아이는 차를 이리저리 만져보고 둘러보며 좋아했다. 아빠는 내 차를, 나는 아이 차를 아껴준다. 내리사랑이라 하는 그 사랑을 느끼면 느낄수록, 나에게 내리사랑을 주신 아버지 생각이 난다.

꿈지럭꿈지럭

지난 주말에 이런 상상을 해보았다. 상상이라기보다는 지나간 시간들을 회상했다는 표현이 맞겠다.

어느 일요일 저녁, 내 방에서 티비도 보고 책도 보고 핸드폰도 보면서 뒹굴뒹굴한다. 멀리서 엄마의 목소리가 들린다.

"밥 먹어라."

무시하고 계속 뒹궁뒹굴 한다.

"밥 먹으라니까! 국 다 식는다!"

엄마의 계속되는 성화에 못 이겨 밥을 먹어주러 거실로 나온다. 엄마의 핀잔을 들으며 식은 밥을 내 입에 털어넣는다. 감사하다는 표현이나 잘 먹었다는 말 같은 건 일절 하지 않고, 당연하다는 듯이 다시 내 방으로 들어온다.

그날따라 밥 먹으라 보채는 엄마의 목소리가 무척 듣고 싶었다. 엄마의 그 환한 미소를 다시는 볼 수 없을 것만 같았다. 나는 엄마의 미소를 정말 좋아했다. 툭툭 뱉는 엄마의 유머도 좋았고,

말도 안 되는 유행어도 참 좋아했다. 이 세상에서 엄마가 제일 재밌었다. 그런데 그런 당연하고도 당연한 엄마의 미소를 볼 수 없어서 힘들었다.

어젯밤에 엄마한테 전화가 왔다. "내일 아이 데리고 놀러 와라. 곰국 끓여놨으니까 먹고 좀 쉬어. 아이는 내가 봐줄 테니까." 부모님이 손자를 봐주실 수 있는 시간은 최대 한 시간 정도일 거다. 나는 꿈지럭꿈지럭 짐을 챙기기 시작했다. 왜 이렇게 안 오냐며 엄마에게 전화가 왔다. 엄마가 화를 내든 말든 나는 더 천천히 짐을 챙겨서, 최대한 느릿느릿 시골집으로 향했다.

손자를 보자마자 환하게 웃으시는 엄마의 미소가 특별하게 느껴졌다. 오랜만에 엄마가 쪄 주는 만두와 찐빵을 한입 베어 물었다. 입 안 가득 만두와 찐빵이 채워지고, 내 얼굴에는 미소가 내 마음에는 뭉클함이 채워졌다. 읽으려고 챙겨간 책은 가방 깊숙이 처박아 두곤 엄마·아빠와 아이랑 함께 동물들 보러 마실을 나갔다. 집에 돌아와서는 엄마가 끓여주신 따뜻한 곰국을 내 배에 채웠다.

딱 한 시간이 흘렀다. 엄마는 언제나 그랬듯 쿨 하게 이제 그만 가라고 하신다. 손자는 오면 반갑고, 가면 더 반갑다고 했다. 어서 가라고 재촉하시는 엄마를 보니 최대한 늦게 오기를 잘했다 싶었다.

과일 부자

희한하게 냉장고에 과일이 넘쳐난다. 집에 과일이 떨어진 적이 없다. 다 못 먹어서 버리는 경우는 종종 있지만. (내게 과일까지 먹을 수 있는 여유나 호사는 허락되지 않아서일까?) 어쨌든 우리 집에 과일이 많아진 건 아들이 과일 먹기 시작했을 때부터다. 입은 늘었는데, 과일은 넘쳐난다? 참 희한하다.

이유는 단순하다. 손자 입에 들어가는 것이 아깝지 않은 양가 할머니·할아버지 때문이다. 아이가 과일 잘 먹는 모습이라도 보신 날이면, 그다음 주엔 예외 없이 그 과일을 잔뜩 사 가지고 오신다. 그렇게 부모님 덕에 우리 냉장고에는 과일이 풍성하다 못해 차고 넘친다.

오늘 부모님 집에 놀러 갔다. 과일이 먹고 싶었다. "엄마, 과일 없어?" 없다. 우리 집엔 넘쳐나는 과일이 엄마 집엔 없다. 부모의 마음을 알기엔 나는 너무 초년생 부모다. 다음에 부모님 집에 갈 땐, 두 분이 평소 못 드셔본 과일들로 왕창 사 가야겠다.

결핍

아들이 태어난 뒤로, 부모님과 더 자주 만난다.
손자를 보여드리는 것이 부모님 정신 건강에 좋고,
그 어떤 효도보다 더 큰 효도이기 때문이다.

엄마와 나는 각각 며느리와 부인되는 그녀 앞에서
왕왕 옛날 이야기를 꺼내며,
거리낌 없이 눈물 몇 방울을 보이기도 한다.

힘들었던 그 옛날의 추억.
엄마는 무엇보다 먹을 것, 입는 것 제대로 못 해준 게
그렇게 미안했나 보다.

엄마는 그렇게 우리의 결핍이 마음에 걸리는가 보다.

하지만 내 마음속엔
결핍된 그 많은 것들보다도
한 순간도 결핍시키지 않았던 부모님의 사랑만이
가득하다.

부모님은 그 힘든 시기를 보내면서도

자식인 우리에게
사랑의 결핍만은 물려주지 않으셨다.

아니,
사랑은 우리의 모든 결핍을
채우고도 남았다.

부모님의 마지막 순간에 내가 꼭 드리고 싶은 말이 있다.
“저도 부모님 같은 부모님이 될래요.”

나 또한,
아들 삶에 수많은 결핍을 허용하겠지만
사랑의 결핍만은 결코 허락지 않을 것이다.

아들이 처음으로 뒷좌석 카시트에 혼자 앉았다. 그동안은 항상 옆에 엄마가 있어야만 했는데, 오늘 드디어 혼자 앉기에 성공했다. 그게 그렇게 특별한 일이냐고? 그렇다. 드디어 '독박육아에도 볕들 날이 온다'는 표현이 딱 들어맞는 때가 왔다. 나 혼자서 아이를 차에 태우고 돌아다닐 수가 있게 됐다는 건 엄청난 거다. 일단 부모님 사시는 시골집에 가서 몇 시간은 쉬다 올 수 있고, 새로운 곳을 산책할 수도 있다. 그뿐이랴. 나와 같이 독박육아하는 지인을 찾아 공동육아로 발돋움할 기회도 만들 수 있게 된다.

오늘 그 첫 번째 선택지를 시도했다. 할머니 집에 간다고 하니, 아이는 아침부터 현관문 앞에서 신발을 신겨달라 난리다. 아침밥을 먹여서 할머니 집으로 달려갔다. 두려움 반 걱정 반이었다. 지난번처럼 자지러지게 울지는 않을까? 조심조심 운전을 시작했다. 할머니 집까지 15분 정도 거리인데, 울지 않고 잘 앉아 있었다. 기적과도 같은 일이다. 이제 이 선택지를 자주 꺼내리라.

손자가 집에 오자 할머니 할아버지는 버선발로 달려 나오신다. 손자는 냉큼 뺏고, 아들은 오든지 말든지 신경도 안 쓰신다. 조용히 예전 내가 쓰던 방에 들어가 쉼을 청해본다. 한 시간 정도가 부모님이 아이를 볼 수 있는 최대치다. 그 한 시간이 지나자 두 분 다 완전히 지치셨다. 이제 얼른 점심 먹고 돌아가야 한다.

늘 아들 먼저 챙기고, 내 입에 들어가는 건 대충대충 때웠다. 내게도 떠먹여줄 부모의 손이 있다는 건 실로 엄청난 것이다. 삼십 년 이상을 먹어온 엄마 밥이, 불과 몇 년 만에 이렇게 특별해질 수가 있다니…. 우리 부모님은 서른일곱 살 먹은 아들에게 여전히 밥을 차려주시는데, 나도 그 나이가 된 아들에게 밥을 차려줄 수 있을지 의문이다.

점심 때가 되자 부모님이 달력 찢은 종이를 바닥에 깔고, 삼겹살을 구우셨다. 삼겹살은 우리 가족에겐 참 특별한 음식이다. 외식다운 외식 한번 못 하던 그 시절, 우리 형제가 제일 기대한 건 삼겹살을 먹는 날이었다. 우리에게 어려움이 있을 때엔 어김없이 삼겹살을 구웠다. 특별한 날에도 늘 함께였다. 할머니 주머니에서 나온 꾸깃꾸깃한 만원짜리 한 장으로 우리 가족이 특별한 외식을 하게 된 것도 삼겹살 덕분이다.

타지에 사는 동생이 올 때마다 찾는 삼겹살. 거기서도 얼마든 먹을 수 있는 것이 삼겹살일 텐데, 왜 동생은 그토록 삼겹살에 집착을 할까? 심지어 아주 오랜만에 시골집에 방문할 때도, 한 손에 삼겹살 봉지를 들고는 "엄마! 나 삼겹살 구워줘."라고 외치며 들어온다. 동생의 마음이 이해가 되기 시작했다.

할머니의 쇼핑

어릴 때, 시장은 매우 특별한 시공간이었다. 불편한 몸을 이끌고, 닷새마다 한 번 열리는 시장에 꼬박꼬박 마실 다녀오는 일은 우리 할머니에게 매우 중요한 일상이었다. 내게도 장날은 특별했다.

먼저 할머니가 장에 다녀오시는 날은 코 밑이 즐거운 날이다. 나는 '라테'를 좋아한다. 지워져가는 시간을 추억으로 승화시켜가며 놓치지 않고 꼭 붙들려는 기억의 몸부림처럼 느껴지기 때문이다. 나 때는 그랬다. 일단 못 먹었다. 지금처럼 간식거리가 흔하지도 풍성하지도 않았다. 장에 다녀오신 할머니의 손에 걸쳐진 검은 비닐봉지는 언제나 우리의 가슴을 뛰게 했다. 속을 알 수 없는 그 검은 비닐 속엔 우리의 간절한 기대가 담겨 있었다. 때론 500원짜리 햄버거가, 어떤 날은 탱글탱글한 어묵이, 어쩌다가는 꽈배기나 도넛이 나왔고, 운 좋으면 뜨끈한 왕만두가 가득했다.

그것뿐이 아니었다. 먹는 것보단 만족감이 덜 했지만, 우리의 입을거리도 빠지지 않았다. 지금도 기억나는 옷 한 벌이 떠오른다. 그 당시 한 반에 한 명쯤은 입었다는 NBA 조던 그림이 그려져 있던 반바지 반팔 세트 옷. 어디서 그런 걸 아셨는지 모르지만 할머니는 우리에게 그런 옷도 사다 주셨다. 그 옷을 오래오래 입었다.

이 모든 추억이 가물가물해져가는 즈음에, 우리 아들의 할머니께서 할머니 존재감을 제대로 뿜어내셨다. 시장에만 가면 우리 애들 옷 사고 싶어 미치겠다는 걸, 그동안은 내가 말려왔다. 우리 애들은 옷이 참 많다. 친척들에게 좋은 옷을 많이 물려받았다. 그뿐이 아니다. 지인들에게 선물로 받은 옷도 많다. 모자람이 없다. 아니 넘칠 정도다. 그런데 할머니·할아버지가 굳이 또 사줄 필요가 없다. 하지만 그토록 애닳아 하는 두 분을 보곤, 사다 달라고 하지 않을 수가 없었다.

기다렸다는 듯이 두 분은 주말에 아기 옷을 한가득 사 오셨다. 가슴팍에 'adidas'가 당당히 새겨진 짝퉁 옷이다. 디테일에서 차이점이 눈에 띄게 보인다. 핏이 조금 이상하고(팔은 길고 길이는 긴데, 품이 좁다), 옷감이 다소 거칠다. 집에 오시자마자 손자·손녀에게 옷을 입혀보시더니만 금세 실망하셨다. 아이들이 평소 입는 다른 옷들과는 다르다는 걸 느끼신 것이다.

"다음부터 우리는 옷 안 사 올란다."

하지만 난 기분이 좋았다. 우리 아이들이 내가 어릴 때 입던 시장 옷을 걸치고 있으니 그렇게 친숙하게 느껴질 수가 없다. 무엇보다 시골 할머니의 손길이 담겨 있어서 볼 때마다 내 마음이 따뜻해진다. 할머니가 사 오신 옷을 입은 아이들의 모습을 사진에 많이 담아 보내드렸다. 아이들도 그 옷들을 좋아했다.

"엄마, 옷 좋네. 다음에 또 사줘."

어른들은 단순하다. 어떤 거짓말도 세 번 네 번 하면 그냥 쉽게 믿어버리신다. 구수하고 따뜻하고 정감이 간다. 엄마의 손길, 사랑, 거칠거칠함이 너무나 소중하다.

엄마는 고생을 많이 했다. 우리 딸이 엄마를 닮았다. 엄마도 우리 같은 부모를 만났다면, 부모 사랑 공급받고 자랐다면 인생이 얼마나 달라졌을까? 아주 나중에 엄마가 이 세상에 없을 때도 딸을 보며 엄마 생각을 할 것 같다.

못 사주는 마음

산책 중에 신기한 걸 발견했다. 핑크색 츄러스 트럭! 신기할 것 없는 우리네 인생에 모처럼 신기한 구경거리가 생긴 셈이다. 가까이 가서 줄 서봤다. 아들은 타요에 나오는 '하트'라며 좋아했다.

"이게 뭐야?"

"몰라."

"츄러스야."

"츄러스?"

"먹고 싶어?"

"웅!"

'응'도 아니고 '웅'이다. 이건 무조건 사줘야 한다. 길게 늘어선 줄 틈 사이로 부끄러운지도 모르고 큰 소리로 물었다.

"츄러스에 우유나 계란 들어가나요?"

"반죽은 저희가 만드는 게 아니라 몰라요."

사주고 싶었으나, 분명 계란이나 우유는 들어갔을 것 같았다. 그렇게 츄러스 트럭을 뒤로하고 돌아오는데, 어찌나 미안하던지…. 한 손엔 츄러스 한 손엔 부모의 손을 잡고 있는 다른 아이들을 일부러 쳐다보지 않았다.

"알레르기 나." 아들은 이 한마디면 떼쓰지 않는다. 본인도 몇 번 겪어본지라 다 아는가 보다.

아들이 먹을 수 있는 몇 안 되는 과자 중 하나. 야채 크래커를 가방에서 꺼내어 같이 먹었다. 아직 낮잠을 자지 않아 조금 일찍 자는 아들 덕에 조금 일찍 쉬었다. 그 잠깐 사이에도 자꾸 츄러스 생각이 났다.

아빠가 되고 나서 느껴지는 마음이 하나 있다. 바로 부모님의 마음이다. 물론 이 부족한 마음이 그 큰 마음을 따라갈 수 있으랴마는, 이전에는 깨닫지 못했던 그 마음을 하나하나 느껴보고 있다. 자녀에게 좋은 것을 주고자 하는 아버지의 마음. 때론 주지 못해 아픈 마음.

사위 사랑

"이서방, 혼자 애기 보느라 힘들지?"

아이랑 영상통화 할 때마다 꼬박꼬박 물으신다.

"할 만해요. 전 이 일이 적성에 맞나 봐요."

그렇게 걱정하시던 장모님이 코로나 때문에 못 오시다가 오랜만에 손주 보러 오셨다.

"와~ 이게 다 뭐예요?"

장모님의 양손에는 소고기, 전복, 포도, 복숭아, 빵까지 먹을 게 한 가득이었다. 손주가 그렇게 좋으실까 싶었는데 장모님 말씀이 뜻밖이다.

"이서방이 애기 보느라 얼마나 고생해. 잘 먹고 힘내라고."

좋은 건 다 아이 먹이고, 우리는 먹는 둥 마는 둥 했었는데 이 좋은 게 다 오롯이 나를 위한 것이라니. 생각지도 않은 장모님의 말에 힘들었던 지난 시간들이 싹 지워진다. 매일 점심마다 냉동 도시락을 먹고 있었는데, 이번 주는 장모님이 주신 음식들 아껴서 먹으며 몸보신 해야겠다.

할머니의 등

내 새끼 비 맞을세라
우산을 아이 쪽으로 기울이는
할머니의 굽은 등 뒤로
아무것도 모르는 아이는 평화롭다.

밖으로 밖으로 나가고 싶어 하는 손자
등에 업고
행여나 코로나 옮을까
코 위까지 마스크 깊숙이 눌러쓰고,
아파트 필로티 근처를 서성대는 할머니의
주저하는 발걸음.

이내 젊음으로도 감당이 안 되는
아이와의 치열한 시간이
굽은 등 뒤에 얹혀 있구나.

자식과 그 자식의 자식 향한 사랑은
그렇게 비 오는 코로나의 시대에도
내리내리 흐르고 있다.

유모차와 킥보드

하루 중 유일하게 육아와 집에서 벗어나는 시간은 단 삼십 분. 미세먼지 하나 없는 깨끗한 공기를 마시며 러닝을 한다. 하루는 저 멀리 맞은 편에서 다가오는 한 여자분의 모습에 발길이 멈추어졌다.

한 손에는 유모차를, 한 손에는 킥보드를 끌고 있다. 한눈에 봐도 상황이 그려진다. 추운 날씨인데도 나가자고 하는 아이 때문에 어쩔 수 없었을 거다. 유모차를 타면 좋으련만, 아이는 킥보드를 타겠다고 졸랐을 것 같다. 어쩔 수 없이 엄마는 킥보드를 가지고 나왔지만 추운 날씨에 오래 못 탈 것을 알고, 유모차도 끌고 나온 거다. 그렇게 찬바람을 헤치고 나왔지만, 아이는 아주 잠깐 킥보드를 타고는 엄마한테 힘들다며 안아달라고 했겠지. 킥보드와 유모차. 도저히 동시에 두 개는 끌 수가 없다. 간신히 아이를 유모차에 앉혀 한 손으로 밀고, 다른 한 손에는 킥보드를 들고 걷고 있다.

나도 비슷한 경험이 여러 번 있었다. 걸어서 가기엔 거리가 조금 되는 놀이터에 갈 땐, 유모차에 아이를 태워서 간다. 한참을 놀다 돌아오는 길, 아이가 갑자기 유모차를 거부한다. 어쩔 수 없다. 한 손에는 아이를 안고, 한 손에는 유모차를 끌고 땀을 뻘뻘 흘리며 집까지 오는 수밖에는. 다행히도 요즘은 아들이 내가 설득하면 넘어와 준다. 나에게 안기려다가도, 아빠가 불쌍한 표정을 지으며 부탁하면 유모차에 잘 앉는다.

그 엄마는 심지어 한쪽 발에 깁스까지 했다. 정말 참으로 안쓰러웠다. 불편한 몸으로 이 추운 날씨에 아이를 유모차에 태워서 킥보드까지 끌어야 했다. 그 와중에 마트까지 들르셔서 장을 보고, 장 본 물건들은 다시 유모차에, 아이는 다시 킥보드에 태워 집으로 돌아가는 모습을 나는 보고야 말았다.

육아휴직, 독박육아. 겪어보지 못한 사람은 결코 그 애환에 공감할 수 없다.

지난 일 년, 나는 멈춰 있었다. 무얼 남겼는지 알 수도 없다. 다만 누군가에게 공감할 수 있는 경험을 아주 깊게 했다. 물론 이보다 더 어려운 상황을 걸어가시는 분들도 많다는 것을 안다. 그 모든 이들을 내가 다 공감한다고 할 수도 없다. 하지만 최소한 누군가의 삶이 저마다의 짐과 무게로 점철되어 있다는 것만은 이해할 수 있을 듯하다. 우리 모두의 삶은 저마다의 깊이로 힘들고 짠하다. 모두에게 위로가 필요하다.

두 남자

길 건너편에 한 남자가 한 손에 하드를 들고 웃으며 서 있다. 그의 상황을 다 알 수는 없지만, 그의 얼굴에서 숨길 수 없는 기대와 설렘의 미소가 뿜어져 나오고 있다는 사실은 분명했다.

초록불이 켜지고 그가 그토록 기다리던 대상과 조우한다. 그와 조우한 또 한 명의 남자는 그와는 나이차가 한참 나 보였다. 한 손에 들고 있던 하드를 정성껏 까서 앞에 있는 남자의 입에 물게 한다. 그러고는 그 남자의 짐이란 모든 짐은 다 가져가서 본인의 어깨에 멘다.

자기에게 가진 달달한 것은 몽땅 상대의 입에 넣어주고, 상대에게 짊어진 무거운 것은 모두 자신의 어깨로 가져갔다. 그러고는 그 대상을 바라보며 하염없이 웃고 있다. 아마도 그들은 아버지와 아들일 것이다. 아니, 분명 그들은 아버지와 아들이다.

시간이 흐를수록, 나에 대해 자신이 없어진다. 그리 큰 욕심은 없는데, 그저 한 아들에게 좋은 아빠, 한 여자에게 좋은 남편,

한 부모님께 좋은 아들, 몇 명의 아이들에게 좋은 선생님이 되고 싶은 것뿐인데….

아, 그런가? 나열하고 보니 나, 욕심이 많은 건가?

변신 또 변신

나는 장난감 조립을 참 못한다. 못하기도 하지만, 하기도 싫다. 시간도 아깝고, 무의미해 보인다. 아들 녀석의 장난감 중, 성인인 나도 하기 어려운 조립 장난감이 있다. 이웃사촌이 주셨는데, 트랜스포머 같은 거다. 자동차에서 로봇으로, 로봇에서 자동차로 변신이 되는 것이다. 자동차로 조립된 상태로 받았는데, 로봇으로 변신시키는 게 쉽지가 않다. 어찌어찌 해서 로봇으로 변신시켰는데, 이걸 다시 자동차로 변신시키는 법은 모르겠다. 아는 후배네 일곱 살 먹은 아들이 놀러 와주면 다 해결되는데… 코로나 시국이라 부를 수가 없다.

그런 아빠의 사정을 아는지 모르는지 아들이 자꾸만 로봇을 내밀며 자동차로 만들어 달라고 한다. 간신히 변신시켜 놓으면 곧바로 다시 로봇으로 돌려놓으라고 한다. 그렇게 며칠 변신을 반복하다 보니 조금씩 원리를 알아가기 시작했고, 살짝 재미도 느껴볼 수 있었다.

나를 변화시킨 사람들이 떠올랐다. 결혼 전엔 설거지, 빨래, 청소 같은 집안일은 손도 대보지 않았던 나다. 이게 무슨 자랑이랴마는 엄마가 나를 그렇게 키웠다. 결혼해서 사랑하는 아내 덕에 이런 일들이 얼마나 가치 있는 일이며, 가족을 위해 몸을 움직이는 것이 내 심신을 얼마나 건강하게 하는지를 깨달았다.

책 읽는 것을 싫어하던 나를 독서하게 만든 사람, 라이딩의 기쁨을 알게 해준 아이들도 생각이 난다. 평생 글 한번 안 써본 나를 글 쓰게 만든 동료들이 떠오르고, 말하기보다 듣기의 소중함을 깨닫게 해준 벗들도 생각이 난다. '이런 일을 왜 해야 해?'라고 묻기 전에, 그냥 성실하게 묵묵히 일을 해나가는 성실한 벗들이 있었기에 나도 때로는 버거운 일 앞에서 곰처럼 우직하게 감내하는 자세를 갖추게 되었다.

이 모든 것을 가능케 하는 것은 사랑인 듯싶다. 사랑은 상대를 위해 내가 달라지는 것이라는 것을 깨닫게 해준 내 인생의 벗들에게 감사한다.

퍼즐 맞추기

짝을 알 수 없는 퍼즐이 여기저기 널려 있다. 무엇을 먼저 손 대야 할지 막막하기만 하다. 복잡할 땐 일단 시작하고 본다. 일단 시작하다 보면 서서히 짝이 찾아지고 맞아져 들어간다. 짝 하나가 없어서 완성되지 못한 그림은 굳이 그 하나를 찾기 위해 시간을 낭비하지 않고 일단 넘어간다. 또 다른 그림의 퍼즐을 또 찾고 찾아가다 보면 그림들이 하나하나 맞춰져 들어간다. 그리고 퍼즐 하나 때문에 완성되지 못한 그림의 마지막 퍼즐도 어딘가에서 나타나기도 한다.

마지막 퍼즐 한 조각을 찾기 위해 집 안 구석구석을 뒤졌다. 이 과정이 참 재밌다. 보통은 내가 먼저 찾지만, 아들이 먼저 찾아내면 더 기쁘다. 내가 찾든, 아들이 찾든 결국에 퍼즐은 다 맞춰지게 되어 있으며, 빈자리는 다 메꿔져 완성된 그림이 된다. 우리의 인생이 이렇지 않을까? 완성하지 못한 그림은 완성하지 못한 대로, 미완의 상태로 또 다른 퍼즐을 맞춰나가야만 한다. 하나의 그림을 다 완성하고픈 집착을 내려놓자. 계속 걷다 보면 예상치 못한 곳에서 마지막 퍼즐은 찾아질 것이고, 명화 하나가 탄생하게 될 것이다.

나는 그렇게 믿는다. 퍼즐 짝을 잃어버린 것만 아니라면, 분명 그림은 완성된다고.

아이들의 물건은 유통기간이 짧다. 한때 아이에게 그토록 사랑받던 물건이 찬밥 신세가 되는 건 한순간이다. 마치 영화 〈인사이드 아웃〉에서 아이의 의식 속에 사라져가는 '빙봉'이처럼 말이다. 그러기에 아이의 물건은 대부분 중고로 구입하는 경우가 많았으며, 다시 중고로 되팔기도 한다. 혹시 둘째 때 쓰려나 하는 어렴풋한 기대가, 오늘도 우리 집 구석구석을 쓸데없는 물건으로 가득 차게 만들었다.

이런 문제를 적극적으로 해결한 사례가 우리 아파트에 존재한다. 우리 아파트엔 젊은 부부들이 많다. 즉 육아 동지가 많다는 것이다. 온라인 카페를 통한 소통이 활발한테 특히 무료 나눔이 적극적으로 이뤄지고 있다. 유통기한이 밭은 아이들 물건이 주로 올라온다. 혹시나 하는 마음에 쟁여놓기보다 적극적으로 흘려보내고, 비우고, 또다시 채우는, 그런 나눔의 장이 활발하게 진행되고 있는 것이다.

사실 쓰고 난 육아용품들을 ○○마켓 직거래를 통해 팔기도 한다. 하지만 아이들과의 시간의 때가 담긴 정든 물건을 돈의 가치로 교환하는 것보단 누군가의 삶에 흘러들어가게 해주는 편이 의미 있다고 생각한다. 말밥마켓에서 거래하는 것보다 우리 이웃들간의 나눔이 훨씬 더 따뜻하게 느껴져서 좋다.

얼마 전 이런 나눔을 통해 아이 신발을 하나 물려받았다. 핑크색 운동화였는데, 아들이 신기엔 다소 무리가 있기도 했다. 하지만 패션은 용기라고 그랬던가? 잘만 신기면 예쁠 것 같았다. 아직은 조금 커서 신발장에 넣어두고 있었다. 그러던 어느 날, 그날따라 아이가 그 신발을 신겠다고 계속 떼를 썼다. 아직은 좀 커서 이래저래 다른 신발을 신기려고 설득을 했으나, 결국 그 핑크색 신발을 신겨서 나가게 되었다.

엘리베이터 문이 열리자 아들은 위풍당당하게 걸어 들어갔다. 위풍당당한 아들과는 달리 나는 순간 깜짝 당황했다. 엘리베이터에 안에 우리에게 핑크 신발을 물려준 그 집 식구들이었 있었기 때문이다. 물려받은 신발을 신고 있는 게 조금은 부끄러웠다. 가벼운 인사를 나누고 있는데, 이웃집 공주님이 자기 엄마한테 이렇게 이야기했다. "엄마, 저 애가 신고 있는 신발 내 신발이랑 똑같다!"

그 공주님의 엄마도 우리도 순간 얼음이 되고 말았다. 어떻게 이야기를 해야 하나 서로의 머릿속이 복잡하게 굴러가고 있었다. 의외로 침착한 아내가 정면 돌파한다. "어, 이 신발이 공주님 신발이야. 작아진 신발, 동생에게 물려줘서 참 고마워."

그 공주님은 웃으며 이해해주었고, 아직 우리의 말을 이해하지 못하는 우리 아들은 여전히 위풍당당했다.

나눔의 가치는 위대한 것 같다. 효율성과 효용성의 가치를 절대시하는 요즘 같은 시대에, 우리 아파트 이웃들은 따뜻함의 가치를 우선하고 살아가고 있는 듯하다. 그 따뜻함은 받는 이의 부끄럼마저도 상쇄할 만큼 위대하고 고귀하다는 것을 깨닫는 오늘이다.

상처의 의미

오늘은 대학병원에 방문하는 날이다. 첫째는 알레르기 재검사, 둘째는 알레르기 첫 검사. 지난 2년 동안 참 힘들었다. 아니, 아내가 고생이 매우 많았다. 우유·계란 안 들어간 음식들 찾아서 해 먹이느라.

첫째가 태어난 지 3년째. 우리가 받은 성적표(영유아 검진표)는 C학점이다. 키 3%, 몸무게 5%…. 최근에도 알레르기 올라왔던 거 생각하면, 아직 큰 변화는 없는 것 같다.

주사기를 보자 아들은 이성을 잃었다. 뭣 모르는 둘째의 작은 팔에 주사기 바늘이 먼저 꽂혔다. 처음 경험하는 그 따갑고 차가운 느낌에 둘째는 펑펑 울었다. 첫째는 몸부림을 치며 도망갔다. 나와 남자 간호사, 둘이서 첫째를 강제로 붙들고 피를 뽑았다. 피 뽑는 두 아이들을 보니 마음이 참 좋지 않았다. 간호사가 피를 뽑은 팔에 반창고를 붙여주며 이렇게 말했다. "이건 피를 뽑은 멋진 사람에게만 붙여주는 표시야."

이 말을 이해했는지, 아들은 팔에 붙은 반창고를 계속 가리켰다. 씻을 때도, 잘 때도 그 반창고를 떼지 않았다. 우리에겐 저마다의 아픔이 있고, 그로 인해 상처가 남는다. 숱하게 아픔을 겪은 이들의 삶엔 상처라는 것이 남는다. 그 순간엔 견딜 수 없을 만큼 힘든 시간들이, 지나고 나면 훈장과도 같이 내 삶에 멋지게 남게 된다.

피를 뽑은 용기 있는 사람이라는 반창고 표시, 순간을 잘 버티고 지나 왔다는 삶의 흔적인 상처. 이것들을 부끄러워하지 않기로 다짐해본다.

돌아갈 차례

일상으로 돌아간다. 두 주 동안의 꿈 같은 시간은 고이 접어 두고 가기 싫다는 걸 어르고 달래서 겨우 문 밖으로 나갔다. 씽씽이 한번 타고 가자는 설득이 통했다. 하지만 평소의 힘찬 발돋움과는 다르게 발 굴리는 다리에 힘이 하나도 없다.

예전에 내가 그랬다. 집이 좋았고 가족이 좋았고, 마을과 친구가 좋았고, 가족과 마을과 친구가 다 있는 교회가 좋았다. 긴 방학을 보내고 나거나 짧은 주말이 지나고 나면 학교로 돌아가는 것이 끔찍하게 싫었다. 그 기억의 냄새가 몸에 배어 있다. 그래서 아들이 더더욱 짠하다.

아들은 울지 않았다. 잠시 엄마 뒤에 숨었다가 차에 올라탔다. 차를 타자마자 아이 얼굴에서 생기가 사라졌다. 나는 하트도 날려주고 빠빠이도 더 크게 했다. 멀어지는 어린이집 차를 보니 마음이 또 뭉클해진다.

아이가 열심히 굴렸던 씽씽이가 덩그러니 내 앞에 놓이니 감정이 더 북받친다. 이 순간을 매일 겪어온 아내가 내 마음 다 안다는 듯 빙긋이 웃으며 위로를 건넨다.

나란 사람은 참 이런 것에 약하다. 누구나 다 하는, 너무나 당연히 나아가야 할 것들 앞에서 머뭇거리고 뒤돌아본다. 멈추고 뒤돌아보는 것은 회한인 동시에 사랑이다. 또한 두려움이기도 하다. 아내에게 눈물 보이기 창피해서 속으로 눈물 삼키느라 목이 멘 채로 곧장 달달한 커피 한 잔씩 마시고 들어왔다.

아들은 용감하게 일상으로 돌아갔다. 이제 아빠가 돌아갈 차례다.

성장 도우미

아들의 유치원에서 상담이 있었다. 맞벌이 부부가 많아 대부분 전화로 상담한다는데 괜히 방문 상담을 신청했나 신경이 쓰였다. '엄마 혼자도 아니고 아빠인 나까지 가면 선생님이 부담스러워하시려나?' 이런저런 생각에도 불구하고, 딱 한 가지 이유 때문에 부담스러운 방문 상담을 감행했다.

첫째는 부모로서 잘해주고 싶은 마음에 귀하게 키웠다. 조금은 부족하게 키워야 한다는 주변의 말은 충분히 알았으나, 부모가 돼보니 그게 쉽지 않았다. 가뜩이나 예민한 아이였는데, 여러 상황들로 바르게 키우기가 더 어려웠다.

그런데 올해 아이가 많이 달라졌다. 몸과 마음이 건강하니 아이를 야단칠 일이 거의 없었다. 잘 커주는 모습에 감동했고, 감사했다. 사실 우리가 가르쳤어야 할 대부분의 것들을 아이는 유치원에서 배웠다. 선생님과 친구들에게 삶의 양식과 태도를 배워 왔다. 무엇보다 영상이 주는 자극적인 기쁨보다 함께하는 즐거움을 풍성하게 누릴 줄 안다는 것이 참 예뻤다.

아이의 성장을 도왔던 두 분의 선생님께 감사의 마음을 표현하고 싶었다. 방과 후 선생님과는 하교 시간에 몇 번 뵌 적이 있었는데, 담임선생님께는 그 마음을 표현할 길이 없었다. 그래서 그 말씀을 꼭 드리고 싶었다. "선생님, 감사합니다. 선생님 덕분에 아이가 많이 성장했어요."

선생님께서는 도리어 내게 감사를 표하셨다. "제가 가르친 아이가 이렇게 성장할 수도 있구나 싶었어요. 올 한 학기 동안 가장 많이 성장한 아이에요."라고 해주셨다. 아이의 성장은 선생님에게도 큰 기쁨이자 감동이다.

6개월이라는 시간을 꽉 채워 자란 아이나, 그를 도왔던 많은 분들에게나 모두에게 감사한 시간이었다. 나도 우리 반 18명의 아이들과 5학년 54명의 아이들에게 어떤 성장의 도움이 되었는지 되돌아보았다. 내가 닮아갈수록 누군가가 자라게 되는 일을 계속 하고 싶다.

모국어

임미성 교장선생님의 동시집 《날아라 고등어》(김규아 그림, 창비, 2023)에 실린 동시 한 편이 절묘한 타이밍에 내게 찾아왔다.

내가 넘어졌을 때

미용실 이모는
-어머, 괜찮니?

우리 엄마는
-자알, 한다
내가 너, 그럴 줄 알았어

내가 넘어질 걸
엄마는 언제부터 알았을까?

혼나는 것 같은데
이상하게
괜찮다

나는 안정된 가정환경에서 자라지는 못했다. 하지만 이를 극복할 만큼 또 다른 좋은 환경 덕으로 이만큼이나마 다듬어지며 자랐다. 내가 자라난 환경이 결코 온실이 아니었다는 게 지금에서야 깨달아진다.

무엇보다 나의 감정, 언어 같은 매우 일상적인 부분에서 나는 이전 세대의 거칠거칠하고 모난 것들을 그대로 학습해왔다. 내 삶의 모든 부분에서 이런 모습은 여전히 남아 있다. 짧은 시간 안에 고쳐질 수 있는 것들이 아닌 것을 안다. 나는 이런 삶의 양식을 '모국어'라고 부른다.

세련되지 못한 나의 모국어가 나의 다음 세대인 내 아이나 우리 반 아이들에게까지 그대로 답습이 되고 있는 듯하다. 다행인 것은 그런 부분에서 나보다 훌륭한 아내를 만났다는 점이다.

"내가 너, 그럴 줄 알았어." 이런 핀잔 같은 공격적인 말로 아이들을 대해왔다. 주워 담을 수 없는 말을 내뱉은 후 후회하고 반성하기를 여러 번. 지나고 보면 후회되는 순간이 많다. 하지만 아이는, 또 아이들은 괜찮아한다.

"소중한 것은 눈에 보이지 않아."

아이들은 그 소중한 것을 마음으로 본다. 나의 거칠고 연약한 모국어에도 불구하고, 집에 아이들이나 학교의 아이들이 잘 성장해주고 있다. 아마도 나의 모국어 속에 숨겨진 내 마음을 느끼고 있기 때문은 아닐까?

호칭: 아저씨

아이를 데리고 놀이터에 갔다. 초등학생으로 보이는 여자아이 둘이 호기롭게 말을 건넨다. "아저씨, 트램벌린 같이 타요!"

아저씨란 말에 기분이 팍 상한다. '나 아저씨 아닌데?' 조건반사적으로 이 말이 튀어나올 뻔했다. 그렇게 말하려는데, 옆에 내 손을 꽉 잡고 있는 조그마한 아이가 보인다. 옆에 있는 아이는 내 존재를 명확히 해줬다. '빼박'이다.

나랑 같이 사는 아줌마가 어째서 그토록 아줌마라는 단어를 싫어하는지 이제는 알 것 같다. 우리는 아직 아저씨·아줌마로의 진입을 내면으로 인정하고 싶지 않은가 보다.

호칭: 개똥이네

어릴 때 어머님들끼리 부르는 호칭이 적응이 안 되었다. 친구 개똥이 엄마를 우리 엄마는 "개똥아~" 하고 불렀다. 개똥이는 내 친구인데, 왜 내 친구 엄마를 개똥이라고 부르는지 이해가 되지 않았다. 친구네 엄마도 마찬가지셨다. "대윤아~" 내가 대윤인데, 왜 우리 엄마를 대윤이라고 부르시나 이해할 수가 없었다.

요즘 아들 이름이 내 입에 딱 붙어버렸다. 아내를 부른다는 게 나도 모르게 아이 이름을 부른다. 타인을 부를 때도 이 버릇은 자꾸만 생긴다. 어른들께 아내를 지칭할 때, '시안 엄마'라고 한다. 엄마·아빠라는 새로운 아이덴티티가 생겨난 셈이다. 나는 이대윤으로서 존재하지만 아이 아빠로서의 존재를 새롭게 부여받았다. 이대윤으로서 내 존재는 매우 소중하다. 그런데 그 존재를 지울 만큼 아이 아빠로서의 존재는 큰 의미로 느껴진다. 그만큼 아빠 엄마가 된다는 것은 참으로 경이로운 일이고, 인생의 새로운 제2막이 열리는 것과도 같은 일일 것이다.

서로가 서로를 자녀의 이름으로 부르던 우리 부모님들이 이해가 되는 것이, 나도 부모가 되어가나 보다.

호칭: 아버지

다른 사람은 어떤지 모르겠지만, 나는 엄마·아빠라는 호칭이 좋았다. 한없는 가벼움 속에 그래도 나를 책임져줄 수 있는 엄마 아빠가 좋았다. 내가 엄마·아빠를 어머니·아버지로 호칭하는 순간 내가 그들을 책임져야 할 것 같고, 그들은 내 보호자가 아닌 내 보호를 받는 이들이 될 것 같아 두려웠다.

남자는 군대에 다녀오면 엄마·아빠를 아버지·어머니라고 자연스럽게 바꿔서 부른다고 한다. 그만큼 군대는 우리를 성숙하게 만들고, 그들의 보호자가 될 만큼은 아니지만 그래도 그들의 보호에서는 벗어날 수 있을 만큼은 컸다는 반증이 아닐까 생각한다.

그렇게 버티고 버텨오던 내가 언제부턴가 아빠를 아버지라 부르기 시작했다. 언제부터인지는 모르겠지만, 분명 내가 아빠가 되고 나서부터였다. 아버지라는 말이 어색하지 않을 만큼, 아버지라는 호칭이 낯간지럽지 않을 만큼, 아버지와 나 사이에 말할 수 없는 진지한 무언가가 놓이는 것 같았다.

아버지란 말 속에는 '존경'이라는 무거운 감정이 들어 있는 듯하다. 아버지의 오랜 인생을 공감하고, 그 인생을 존경할 만한 나이가 되어서야 나는 아버지를 아버지라 부르게 되었다. 또한 나는 그들의 보호자가 되기로 자원했다. 이제는 스마트폰 하나 제대로 다루지 못하는 그들의 손과 발이, 자주 아프고 고장 나게 되는 불편한 그분들 몸의 일부가 되어 드리기로 결심해보았다.

하지만 엄마만큼은 차마 어머니라 부르지 못하겠다. 그건 마지막 남은 내 피난처이자 영원한 안식처가 사라지는 기분이랄까? 언제까지나 엄마는 엄마였으면 좋겠다. 내가 힘들 때마다 울며 안길 수 있는 엄마의 넓은 가슴, 행복한 일이 있을 때마다 쪼르르 달려가 조잘조잘 이야기할 엄마의 편안한 무릎. 그건 엄마가 엄마일 때만 가능할 것 같다.

옥춘당

그림책 《옥춘당》(길벗어린이, 2022)이 나에게 찾아왔다. 고정순 작가의 책인데, 노부부의 삶을 애틋하게 그렸다. 옥춘당이라는 작은 사탕을 그리움의 매개체로 삼아, 내 마음을 따뜻하게 만든 작품이다. 어렸을 때 할머니에게서 자란 아내에게도 권해서 읽게 했는데, 역시나 아내는 보는 내내 펑펑 울었다.

나는 이 책의 이야기를 보며 이제 할아버지가 된 아버지를 떠올린다. 아빠는 올해 69세다. 70이라는 숫자에 가까울수록 아빠의 얼굴에 미세한 초조함이 비친다. 나를 이 세상에서 가장 사랑하셨던 나의 할아버지는 70세에 돌아가셨다. 아빠에게도 같은 시간이 허락된다면 우리에게 남은 시간은 단 일 년이다. 퇴근을 하고 부랴부랴 집에 도착하면 나의 걸음은 놀이터로 향한다. 놀이터를 꽉 차게 접수한 우리 아들, 딸. 그리고 엄마, 아빠가 한 눈에 들어온다. 아빠는 첫째랑 함께 엎드려 미끄럼틀을 내려오고 계시고, 엄마는 둘째랑 뒹굴고 계신다.

현재는 과거를 끊임없이 지우며 흐른다. 아이들은 우리들의 고요한 시간을 지웠고, 둘째는 셋(나와 아내와 첫째의 시간)의 시간을 지웠다. 그리고 언젠간 부모님의 시간과 우리의 시간도 지워질 것이다.

머무를 수 없는 이 시간이 아깝다. 부디 할머니·할아버지와의 좋은 순간들이 아이들 기억에 오래도록 선명하게 남아 있기를 바라본다. 우리 여름날의 기억이 고여 있는 이 놀이터도 말이다.

열세 살의 자동차

우리가 함께 다녔던 수많은 길들
험한 돌길과 하늘하늘 꽃길
구불구불 산길과 쭉쭉 뻗은 고속도로.
흘러갔던 시간이 얼마며
흘러갔던 인연이 또 얼마였던가.

처음이라는 것은 늘 특별함을 부여한다.
나의 첫 자동차
나의 첫 젊음
나의 첫 청년의 시기가 흘러갔다.
나의 이십 대와 삼십 대가 떠나갔다.

이전엔 자꾸만 얽매였던 삶이었는데
놓는 것이 이전보다는 훨씬 수월해졌다.
내가 기억하는 것처럼
너도 날 기억해주기를 바라며.

안녕,
나의 열세 살 된 자동차.

나도 적응이 안 된다

방학을 보내고 일상으로 돌아온 아이들은 적응이 그리 쉽지 않다. 첫째야 워낙 유치원을 좋아하니, 일어나자마자 가방 메고 즐거운 마음으로 유치원에 간다. 아빠 차 찬스를 줘도, 굳이 유치원 스쿨버스를 타고 가겠다고 한다.

문제는 둘째다. 어린이집 차를 타고 가면 이별이 더 쉬운 것을, 엄마·아빠가 직접 데려다주니 일말의 여지를 주는 것 같다고나 할까? 오빠를 잘 내려주고, 기분 좋게 어린이집으로 향하는 차 안에서 둘째가 갑자기 울면서 다시 집에 가자고 한다. 울고 떼쓰는 강도가 평소에 볼 수 없는 지경이라 마음이 움직인다.

"그냥 내가 하루 데리고 있을까?"

"일관되지 않으면 적응하기 더 어려워."

너무너무 가기 싫어하는 아이를 억지로 떼어놓아야 하는 부모의 심정도 말이 아니다.

생각해보면 첫째는 더했다. 밝디밝은 아이가, 어린이집과 가까워지면 가까워질수록 말을 잃고, 얼굴빛이 어두워졌다. 어린이집 문 앞에서 기계 같은 90도 인사를 하고, 선생님 손을 잡고 들어가는데 어깨가 축 늘어진 아이의 뒷모습을 보고 나면, 그 잔상이 하루 종일 남곤 했다.

처음이 아닌데도, 우린 여전히 적응이 안 된다. 아니 나는 적응이 안 된다. 아내는 딸을 어르고 달랜다. "마트 가서 주스 하나 사 마시고 천천히 들어갈까?" 아이의 울음 금세 그친다. 눈물 자국이 여전히 남아 있는 상태로 단것을 홀짝홀짝 마신다. 주스를 다 마시더니 이제는 엄마한테 안아달라고 한다. 꼭 안아줬더니 이제 어린이집에 들어가자고 한다. 참 대견하다. 그래도 첫째보다는 우리 마음 덜 아프게 하고 간다. 선생님의 손을 가뿐히 잡더니만, 뒤를 한번 힐긋 쳐다본다. 또 울려고 하다가 그냥 들어갔다.

아이들 데려다 놓고 돌아오는 차 안은 적막하다. 아내와 내가 애써 즐겁게 대화를 나누어도, 아이들이 없는 공간은 우리에게 늘 어색하다. 부모의 마음이 조금 느껴진다. 두려움 많은 저 아래로 내려가려니 머뭇거리게 된다. 세상은 여전히 뜨겁고 갖가지 위협이 도사린다.

내 엄마·아빠는 나를 강제로 밀어 넣지 않으셨다. 어르고 달래고 달달한 것을 입에 물려주기도 하고, 격려해주셨다. 무엇보다 나를 안아주셨다. 그러면 나같이 약한 사람도 터벅터벅 그 길을 걸어가게 되었다. 그렇게 혼자 걸어가는 나를 보며 두 분도 대견해하셨다. 그게 지금 내 삶의 힘이다.

놀이동산

아버지와 나 그리고 아들. 이렇게 우리 부자 삼대가 함께 가까운 동물원에 다녀왔다. 아이가 아니었으면 올 생각도 안 했을 그런 곳. 그렇게 아버지는 아들 손을 잡고 오던 곳을, 30년 만에 손자의 손을 잡고 다시 오게 되었다. 동물원을 다 구경하고 동물원 안에 있는 놀이동산을 비켜서 왔다. 이제 몇 년만 지나면 아들 손잡고 저곳도 다시 들어가야 한다.

놀이동산에는 우리 인생의 한살이가 모두 담겨 있다. 어려서는 부모의 손을 잡고, 유치한 놀이기구에 마냥 즐거워한다. 조금 커서는 좀 덜 유치한 놀이기구 코스에 머문다. 더 커서는 부모의 손보다는 친구의 손을 잡고 최고 난이도의 놀이기구에 다다른다. 그리고 자녀의 손을 잡고 다시 그 과정을 시작하게 된다. 유치한 놀이기구에서 덜 유치한 놀이기구로, 그리고 내 손에서 친구의 손으로 그 과정은 진행될 것이다.

놀이기구의 두 사이클을 지나고 나면, 우리는 어느새 놀이동산 졸업생이 되어 있을 것이다. 두 번째 사이클을 시작하려는 현 시점의 내겐, 놀이동산에 대한 예전의 순수한 즐거움과 열정적인 기쁨이 좀처럼 되살아나지 않는 것 같다. 하지만 어쩌겠는가? 내 앞에 있는 이 녀석에겐, 모든 것이 새로운 첫 번째 사이클인 것을. 이제 슬슬 두 번째 사이클을 감당해야만 할 것 같다.

병원에 입원하신 엄마의 빈자리가 크다. 혼자 계시는 아버지께 가장 걱정이 되는 부분은, 아버지의 하루 세 끼 식사다. 하루에 한 번이야 어떻게든 해결하신다 셈 쳐도 하루에 세 끼를 해결하는 일은 쉽지만은 않으리라 생각이 든다. 오늘 아빠가 엄마 병원 가시는 길에 우리 집에 잠깐 들르셨다. 점심을 함께 먹고, 이것저것 싸 드렸다. 아침에 드실 전복죽, 점심 저녁에 드실 닭볶음탕, 아빠가 좋아하는 훈제오리까지 보냉백에 잘 담아 드렸다.

아버지가 집에 돌아가신 후, 밀린 집안일을 시작했다. 제일 먼 방부터 거실까지 치고 올라오면서 정리를 했다. 그렇게 베란다까지 다 치운 뒤, 빨래를 널고 설거지를 마쳤다. 아직까지도 못 자는 아이를 안고 힘겹게 낮잠을 재웠다.

그러고 나서 아버지께 전화를 드렸다. "아빠, 아까 싸 준 음식들 냉장고에 바로 넣어놨지?"

"아, 맞다. 깜빡했네. 차에 그냥 뒀다. 바로 넣어야겠네."

나는 진짜 털털한 사람이었다. 무계획적이고, 즉흥적인 사람이었다. 정리 정돈이 안 돼, 일이 터지면 정신없이 헤매는 그런 사람이다. 이런 내가 어느 순간부터 꼼꼼한 사람이 되어가고 있다. 위아래로 팡팡 터지는 예상치 못하는 변수 때문에 더욱 치밀해지기 시작했다. 물론 그렇게 한다고 해서 터지는 일들을 막을 수는 없다. 그래도 계획이라도 세워놓고, 꼼꼼하게 살펴는 놔야, 그런 일이 있을 때 데미지를 최소화할 수 있을 것 같았다.

아침에 일어나자마자 하루 일정을 머릿속으로 그려본다. 집착이라고 말할 정도로 치밀하게 그린다. 그렇게 하지 않으면, 나에게 아주 중요한 그들에게 흘려보내야 할 것들을 놓치게 되기 때문이다. 챙겨야 하는 일이 늘어갈수록 나는 더 치밀하고 더 꼼꼼해야만 할 것이다.

그리 오랜 시간은 아니겠지 생각해본다. 요 몇 년만 그렇게 치열하게 버티고 나서, 그땐 힘을 좀 빼야겠다는 생각을 해본다. 잘될지는 모르겠지만.

부모의 시간표

오늘은 무엇을 입을까? 옷장에서 추리닝 바지를 꺼내는데, 옛 생각이 났다. 본래 아버지 바지였다. 굳이 안 그래도 옷이 많았는데, 아버지가 사 입으신 이 바지가 좋아 보여서 달라고 했고 결국 내가 입었다. 몇 년이 흘러 지금 이 바지를 보니 나의 철없음이 너무나 원망스럽다. 예전엔 모든 것을 부모님께 제공받고, 좋은 것이 있으면 내가 가졌다. 조금 철이 들었을 땐, 부모님 옷을 내가 사 드렸다. 이제 조금 더 철이 들어 좋은 옷은 부모님의 몸에 걸쳐 드리고 싶고, 좋은 음식도 부모님 입에 넣어드리고 싶다. 그런데 부모님 인생의 시간표가 나를 기다려주지 못한다. 몸은 허약해지셔서 더이상 좋은 옷을 걸치시려 하지 않으시고, 이번에 사 드린 옷은 입지도 못하고 입원하시게 되었다. 좋은 음식을 드리고 싶으나 기력이 쇠해져 드시지도 소화시키지도 못하신다.

내가 결혼하면, 반찬은 부모님이 다 해다 주실 줄 알았다. 좀 늦었지만 막상 결혼하고 나니 부모님은 반찬을 해다 주실 만한 힘이 남아 있으시지 않다. 아이를 낳기만 하면 다 봐주실 것처럼 하시더니만, 막상 손자를 안겨드리니 잠시 보는 것도 힘에 부쳐 하신다. 그냥 내 옆에 있어만 주시면 좋겠다고 생각할 만한 시간이 되면, 그땐 내 옆조차 계시지 않을 것 같아 두렵다.

아이를 키우다 보니 나도 철이 들어간다. 철이 드는 만큼 부모님의 생각이 더 많이 난다. 아이의 눈동자를 쳐다보고 있노라면 부모님의 얼굴이 비치는 것 같다. 늦었지만 이제서야 그 마음을 깨달아 잘 해드리려고 해도, 이미 부모님께서는 그 사랑을 받을 만한 몸의 상태가 아니다. 나의 철 들어가는 속도가 부모님의 늙는 속도를 도저히 따라갈 수가 없다….

부모의 시간표는 자녀의 철듦의 시간표를 기다려주지 않는 것 같다.

자란다, 자란다… 늙는다

아이는 자란다.
부모의 걱정과 기대
소망과 인고를 먹고 자란다.
나 또한 그렇게 먹고 자랐다.

엄마 등에 매달려
한없이 평안한 아이는
엄마의 좁은 등을 보고 자란다.
나 또한 그렇게 보고 자랐다.

한 없이 맑은 눈동자로
부모를 쳐다보는 아이는
부모의 시선을 느끼며 자란다.
나 또한 그렇게 느끼며 자랐다.

입에 들어간 음식마저
때론 다시 밖으로 뱉어내는 아이는
부모의 손맛을 맛보며 자란다.
나 또한 그렇게 맛보며 자랐다.

또한 아이는 잠을 자며 자란다.
부모가 자야 할 잠을 받아
숨쉬며 오늘도 깊이 잠든다.
나 또한 그렇게 받아 숨쉬며 자랐다.

옹알거리는 그 작은 입술을
가진 이 아이는
부모의 입술에서 나오는
사랑을 들으며 자란다.
나도 그랬다.

오늘도 아이는 자란다.
나도 자란다.
그리고 나의 엄마, 아빠는 늙어간다.

엄마는 뭘 잘 드시질 않는다. 아주 오래전부터 그랬다. 엄마랑 나랑은 시골 교회에서 성가대를 오랫동안 함께 했다. 가끔 내가 지휘를 하면, 맨 앞에 소프라노 자리에 계시는 엄마가 나를 보며 찬양을 부르셨다. 그땐 쑥스러워서 엄마는 일부러 쳐다보지도 않았는데, 지금은 그때의 엄마의 그 찬양하는 모습이 자꾸만 눈에 아른거린다. 성가대에선 일 년에 한두 번 회식을 갔었다. 열심히 봉사한 분들을 위한 작은 보상이었다. 대개 뷔페를 갔는데, 입이 짧으신 엄마는 나에게 '네가 내 몫까지 먹어야 본전을 찾는다'고 하셨다. 주위 사람들도 나보고 엄마 대신해서 많이 먹으라는 말을 많이 했다.

언젠가 엄마가 입이 짧은 이유를 나에게 말씀해주셨다. 젊을 때 다소 통통했던 엄마는 살을 빼려고 다이어트를 했는데 그때 아마 거식증 같은 게 걸린 것 같다고 하셨다. 그런데 나는 그런 엄마의 모습을 본 적이 없어 믿지 않았다. 내 생각에 엄마는 고생을 많이 해서 입맛이 다 떨어진 거라고 아주 어릴 적부터 그렇게 여겨왔다. 하루에 한 끼 간신히 먹는다고 하면 믿으려나? 우리 엄마가 그렇다. 그런데 엄마가 좋아하는 몇 가지 군것질거리들이 있다. 예전엔 순대였다. 나랑 동생은 외출만 하면 엄마 좋아하는 순대를 꼭 사 가지고 들어오곤 했다. 지금은 도넛, 꽈배기, 찐빵, 바나나우유 같은 것들이다. 사람이 이런 것만 먹고 어떻게 살까, 의문이 드는데, 정말 이런 것만 간간이 드신다.

최근엔 길거리에서 파는 찐빵을 몇 개 드시고는 맛이 좋으셨던지 그것만 계속 드시고 계신다. 한 박스(10개)에 만원 정도 하는데, 싸고 팥도 많이 들었다며 매번 거기서만 사신다. 최근엔 우리 가족 먹으라고 그 찐빵을 한 박스 사 오셨다. 나는 찐빵을 원래 좋아하지 않았다. 그런데 엄마 기분 좋으라고 엄마 앞에서 두 개를 꿀꺽 맛있게 먹었다.

"이거 다른 찐빵과는 다르게 맛있네."

"어디서 샀어? 정말 싸네."

사실 특별한 맛이 나는 건 아니었지만 순전히 엄마 좋으라고 하는 이야기다.

"그렇지? 이거 엄마가 매번 사는 곳이 있어."

자랑하듯 말하는 엄마를 보니 내 연기가 자연스러웠나 보다.

아들에게도 할머니가 사 오신 찐빵을 먹여봤다. 사실 아들은 계란 우유 알레르기가 심해서 아무거나 먹을 수가 없는데 다행히 이 찐빵에는 우유나 계란 성분이 없어서 먹여보았다. 세상에나…

너무나 잘 먹는다. 할머니 기분 좋으실 것 같아서, 동영상 찍어서 보내드렸다. 뿐만 아니다. 아내도 엄마가 사다 준 찐빵을 맛있게 먹는다. 아내는 사실 우리 엄마랑 비슷한 과다. 군것질을 매우 좋아하는 부류다. 엄마의 군것질이 아내에게, 그리고 아들에게 흘러 들어가는 것을 보는 나는 기분이 좋아진다. 이게 뭐라고 마음까지 따뜻해진다. 엄마가 보내준, 하찮아 보이는 이 찐빵을 오늘도 우걱우걱 삼켰다.

엄마 흔적

둘째도 열(아데노바이러스)이 나기 시작했다. 둘째가 진료받을 동안 엄마가 병실에서 첫째를 잠깐 봐주셨다. 둘째와의 교감도 잠시, 나는 다시 입원실에 있는 첫째에게 가야 했다. 둘째는 엄마가 집으로 데려가셨다.

텔레비전 한번 안 켜고 나흘을 꼬박 병실에서 첫째랑 놀아줬다. 둘 다 녹초가 되어 누가 먼저랄 것도 없이 동시에 잠들었다.

오랜 수술 후 마취에서 깨어나듯 눈이 떠졌다. 뭐라도 좀 써야겠다 싶어 침대로 올라와보니, 내 옷이 침대 위에 차분히 개어져 있었다. 엄마의 흔적이다. 요즘 자주 보이는 엄마의 흔적. 엄마는 늘 이렇다. 잠시 머물다 간 자리에도 꼭 흔적을 남긴다. 나는 그런 엄마에게 오늘도 짜증 섞인 말투로 대했다.

아래로만 향했던 마음이 잠시 위를 향한다.

연탄불은 꺼지고

내 인생보다 더 오래 켜져 있던
시골집 연탄불.
꺼졌다.

새벽마다 불 갈러 가던
엄마의 새벽 마실.
끝났다.

하루 내내 땀 흘려 일한
부모님의 모든 쑤심을 지져주던,
시골길 여기저기 뛰어다니느라 고생한
우리의 다리를 풀어주던,
그 온기.
떠났다.

부모님을,
나를,
아이들을 키워준 온기.
그 오랜 연탄불이
꺼졌다.

선명해진다

팬데믹 이후 2년의 시간이 흐르는 동안 사람 관계가 거의 단절되다시피 했다. 외롭고 힘든 긴 싸움이었지만, 동시에 외로움과 고독의 깊이를 경험할 수 있었다. 나를 바쁨으로 내몰았던 것이 모두 사라지자 나 자신을 바라보는 시간이 늘어났고, 가까운 사람들이 더 가까이 보이기 시작했다. 홀로의 시간이 힘든 만큼, 함께의 시간이 더욱 그리웠던 것 같다.

이제 공적인 만남과 사적인 만남은 확연히 구분이 되었다. 마스크를 쓰고 만나는 공적인 만남, 마스크를 트고 만나는 사적인 만남. 전자는 여전히 내 삶에 지속될 수밖에 없었지만, 후자는 내 삶에서 거의 전무하다시피 했던 날들이었다. 그래서 개인적인 만남이 절실하고 특별하고 소중했다.

사실 누군가를 만난다는 것, 같이 밥을 먹고 이야기를 나눈다는 것, 커피 한잔한다는 것은 참 아무것도 아닌 일이었다. 특별한 마음의 준비도 없이, 툭 하고 내어주었던 시간이 바로 그것이었다. 하지만 이제는 그런 시간이 쉽게 이루어지지 않는다. 나를 가리고 있던 마스크를 트고 나를 보여준다는 것은 실로 특별하고 소중한 일이며, 동시에 머뭇거려지는 일이 되었다.

아주 가끔(몇 달 혹은 몇 년) 그렇게 만났던 사람들과의 인연이 그러했다. 소중했고 특별했다. 그저 나의 시간 중 한 토막을 내어주는 것뿐만이 아니라 나를 내어주는 시간인 것이다. 단순히 시간을 채우기 위해 만났던 모든 인연이 제거되자, 내 시간을 내어줘야만 하는 인연만 남았다.

그 시간을 위해 기도하지 않을 수 없었다. 그 짧은 만남을 위해 짧게는 한두 주, 심지어 한두 달을 기도하며 준비하기도 했다. 두려움과 기대감이 커진 때문이기도 하다. 한 사람과의 만남과 인연이 얼마나 소중한지를 만남을 준비하는 기도를 통해 깨닫고 또 깨달았다. 사적인 만남이지만 주님 안에서 교제와 연합이 이루어지도록 기도하고 또 기도했다.

코로나로 많은 인연을 잃어가고 있다. 많은 사람이 내 삶에서 희미해져가고 있다. 동시에 한두 인연을 굳게 잡고 있다. 몇몇 사람이 내 삶에 더욱 선명해져가고 있음이 느껴진다.

조금의 크기

작은 보폭으로 걷기. 작은 그림을 그리기. 작은 삶 살기. 하지만 그럼에도 나아가기.

이전에는 꿈을 참 많이 꿨다. 펼쳐질 내 미래를 머릿속으로 그리고, 그것만으로도 행복했다. 그 행복이 현재를 살아가는 내 힘이었다. 나의 바람과 기도도 늘 미래를 향해 있었다.

그러나 광야를 지나는 순간에는 저 먼 미래에 마음을 빼앗길 수가 없다. 그저 내 앞에 놓인 오늘을 어떻게 살아가야 하나 하는 마음밖에는. 그 이상의 사색의 여유가 없다. 새벽마다 오늘을 위해 기도한다. 지극히 평범한 이 하루를 위해 기도한다. 당연하게 오고 가던 아이들의 등원과 하원도 특별한 도전이고 모험이기 때문이다.

미래가 아니라 지금의 우리로도 충분히 행복하다. 조금씩 조금씩 어린이집에 적응하는 딸과 조금씩 부모가 되어 가는 우리처럼 우리는 모두 그렇게 조금씩 나아간다.

남겨둠

좋은 것이 있으면
다 취해야만 했다.

그런 것들로 내 영혼이
채워질 리 만무하다.

코로나가 나에게 가져다준 건
남겨두라는 것이다.

좋은 것일수록
탐나는 것일수록
먹음직할수록
소중한 것일수록

다 소비하지 않고
조금만 아껴두라는 것이다.

오늘은
이 벤치에 앉아 바라보는
풍경으로 충분하다고.

저기 나무아래 쉼은

저 멀리는 보이는 풍성한 가을은

내일을 위해 남겨두라고.

남겨두라고.

남겨두라고.

산후조리원

그 후배를 처음 만난 건 십 년 전, 전주 35사단 훈련소에서다. 그 후로 다시 만난 적은 없는데, 잊을 만하면 연락이 오곤 했다. 신학교 입학, 휴학하고 일 시작, 결혼, 둘째 탄생. 굵직굵직한 일을 겪을 때마다 소식을 전하는 그 후배가 참 고마웠다.

우리 둘째가 태어난 지 한 달 뒤쯤인가, 그 후배가 오랜만에 전화를 걸어 기쁜 소식을 전해주었다.

"형님, 저 둘째 가졌어요."

"축하한다. 형도 최근에 둘째 낳았어."

"아 그래요? 형님도 축하해요."

"그래. 제수씨는 산후조리원에 있지? 고생 많았다고 대신 좀 전해줘라."

"형. 그게…. 집에서 쉬고 있어요."

나는 출산한 아내들은 다 산후조리원에 가는 줄 알았다. 당연한 듯 뱉어버린 내 눈치 없는 말에, 내 입술을 내리쳤다. 전화를 끊고 생각해보니 그렇다. 산후조리원에서 두세 주 지내는 데 드는 비용이 적지 않다. 우리도 부모님이 주신 용돈이 없었다면 꽤 부담이 되었을 금액이다. 공감하지 못할 만큼 와버린 여유로워진 내 삶이 부끄러웠다. 미안한 마음에 기도를 했다. 그리고 기도의 응답이 뜻밖의 상황에서 열리고 있었다.

몇 년 전부터 모든 강의 요청을 거절했다. 사실 그 요청이라는 것도 별로 없었긴 하다. 나의 부족함도 부족함이지만, 어줍잖게 강의란 걸 하고 돌아오는 길의 그 허망함을 주체할 수가 없었다. 그런데 가까운 중학교에서 연락이 왔다. 그것도 우리 아이들이 졸업하고 다니는 학교, 우리 아이들이 졸업하고 다닐 학교다. 이번엔 머뭇거려졌다. 며칠을 고민하며 기도했다.

며칠 전 통화했던 후배가 떠올랐고, 그를 위해서라도 가봐야겠다는 생각이 들었다. 그렇게 결심을 하고 나자 그 중학교 선생님들에게 전할 이야기가 샘솟듯 쏟아져 나왔다. '가야겠다. 미안하지만 강의료도 주신다고 하니 그걸로 그 후배 좀 도와야겠다.'

그래도 가기 싫은 마음이 남아 있어 강의 요청한 선생님께 거절의 연락을 드렸다. "저 같은 사람이 무슨 이야기를 나눌 수 있겠어요?" 하지만 담당 선생님은 나의 이런 소심한 문자를 승낙의 요청으로 받아들이시고 밀어붙이셨다. 그래 진짜 가보자. 그렇게 밀려가듯, 끌려가듯 갔던 강의를 무사히 마쳤다. 그런 뒤 날 불러 준 선생님께 여쭤봤다. "제 책은 어떻게 접하셨어요? 아이들이 추천하던가요?"

선생님의 답변은 의외였다. 감동적인 교실 이야기책을 찾다가 정말 우연히 내 책《얘들아, 다시 불을 켤 시간이야》(에듀니티, 2019)를 발견했는데 읽다 보니 바로 옆 학교 얘기라는 것을 알게 되었다는 것이다. 생각지도 못한 과정으로 이루어지는 일들이 있는 것 같다.

우리 학교를 졸업한 아이들이 다니고 있는, 또 우리 아이들이 앞으로 다닐 학교와 선생님들을 만나고 오니 내 마음이 다시 새로워졌다. 돌아오는 차에선 왁스의 〈부탁해요〉를 들었다. 2022년 새해. 나의 첫 행보는 받은 강의료를 흘려보내는 거였다.

> 너그러운 사람에게는 은혜를 구하는 자가 많고 선물을 좋아하는 자에게는 사람마다 친구가 되느니라. (잠언 19:6)

그리고 그날 올해 내게 주신 하나님의 말씀으로 잠언의 말씀을 뽑았다. 올해 첫 시작은 이걸로 스타트를 끊었다.

끝은 없다

육아의 끝자락에 다 와간다. 아니, 육아의 끝이 어디 있겠는가? 다만 독박육아의 끝이 다가오고 있다는 뜻이다. 14개월의 시간이 다 지나갔다. 복직을 앞두고 마음이 싱숭생숭하다. 이제 아이는 어린이집에 맡겨져야 하고, 나는 본업에 집중해야 한다.

옛 어르신들께서 '밭 맬래, 애 볼래? 하면 밭 맨다'고 했다. 그만큼 애 보는 것이 힘든 일이라는 거다. 내 스스로에게 묻는다. '일할래? 애 볼래?' 이 질문을 일 년 동안 계속 해본 것 같다. 어느 땐 '일할래'로 답했다가, 또 어느 땐 '애 볼래'로 답하기도 했다. 그만큼 내 마음이 오르락내리락을 반복한 것 같다. 아이 때문에 발길이 안 떨어지는 것도 있지만, 치열한 사회 속으로 들어가려니 망설여지는 점도 있다. 솔직히 두렵기까지 하다. 오랜 시간 멈춰버린 내 사회 시간표를 되돌리기가 쉽지는 않을 것 같다. 아는 선배는 6년간의 육아휴직 후 복직했는데 그때 어떤 기분이었을까? 생각만 해도 아득해진다.

추억은 미화된다더니 이제 독박육아의 힘든 시간들은 기억에서 사라지고 좋은 기억만 남아 있다. 지금의 나에게 '밭 맬래, 애 볼래?' 하면 애 보고 싶다고 할 것 같다. 사랑하는 이와 매일 하늘을 올려다볼 수 있었고, 모든 계절을 오롯이 누릴 수 있었다. 그런 소중한 순간들을 놓치며 다시 퍽퍽하게 살아가고 싶지가 않다.

결국은 돈이다. 돈만 많으면 어린이집 보내면서 아이만 키우는 삶을 택하고 싶다. 둘째 아이도 첫째만큼은 아니더라도 어느 정도는 내 손으로 키워주고 싶기도 하다. 아직까지도 결정을 내리지 못했다. 후배와 통화하며 물어봤다.

"복직하면 이 우울증은 정말 사라져?"

"당연하죠, 선배. 복직하면 다 사라져요."

그래도 고민하는 나에게 그 후배는 뜬금없는 말을 한다.

"근데 선배는 셋도 키울 수 있을 것 같아요."

복직을 할지 말지 아직 결정을 내리진 않았지만, 셋째 계획은 분명히 말할 수 있다. 계획이 없다. 적어도 현 상황에서는. 그리고 그 후배에겐 따끔하게 야단을 쳤다. 다시는 그런 말을 입 밖에 내지 말라고….

나의 초보 아빠 탈출기는 이제부터 시작이다. 이 여정의 끝은 보이지 않는다. 나는 앞으로도 계속해서 기록하고, 쓰고, 남길 것이다. 나 자신과 아이를 위해서. 그리고 공감해줄 누군가를 위해서….

4장 다시 사회인이 되어

사회인이자 부모라는 두 가지 역할 사이에서

그저 버티면서 살아갈 뿐.

사회라는 별에서

사회인에서 육아 전담자로의 전환은 참으로 힘겨웠다. 사회와의 단절, 관계의 단절은 나를 참 힘들게 했다. 하지만 그 반대의 상황도 못지않게 힘들었다. 일 년의 공백도 공백이지만, 사회로 다시 나온 내가 예전과 같은 상황은 아니기 때문이다. 혹을 둘이나 달고 있는 상태로 이전의 사회인으로서의 역할을 수행해야 한다.

돌아온 사회생활은 내가 예전에 해왔던 방식과는 다른 방식을 요구했다. 예전엔 무엇보다 내 시간을 중요하게 여기는 나였지만 이제는 내 시간이 부재하는 상태로도 그냥저냥 지내게 되었다. 나를 되돌아볼 시간도, 내 생각을 정리하고 마음을 추스를 여유 같은 것도 없었다. 그저 시간의 흐름 속에 나를 계속해서 밀어넣는 기분이었다.

퇴근하면서 "이제 집으로 출근한다"라고 하던 선배들의 말을 이전의 나는 조금도 공감하지 못했다. 금요일이면 "주말이 더 힘들다"고 하는 동료의 말이 지나친 표현이라고 생각해왔다. 하지만 이 모든 육아 선배들의 말은 조금의 과장도 없었다. 나를 겁주기 위한 것도 아니었다. 현실에서 툭 튀어나오는, 그야말로 순도 100%의 진실이었던 것이다.

사회에서 내 역할을 잘 감당하는 것도 아니고, 그렇다고 가정에

서 아이를 잘 돌보는 것도 아니고, 이것도 저것도 제대로 감당하지 못하는 부족한 사람이라는 생각이 나를 지배하기 시작했다. 나는 점차 시들어갔다. 몸과 마음이 안팎으로 아프기 시작했다. 젊은 시절 꿈꿔왔던 내 모든 꿈과 이상은 바람을 잡으려는 헛된 몸짓이었던 것일까. 다 사라져버렸다. 갑자기 지난 몇 년의 시간이 텅 빈 것처럼 느껴지기도 했다. 이런 생각들이 나를 짓누를 때면 아이들을 바라보았다. '언제 이렇게 컸나' 하는 마음이 들면, 이 모든 부정적인 감정들이 잠시 가라앉는다. '그래, 이 아이(들) 키워내느라 그랬지.'

'잃어버린 ○년'이라는 표현을 쓴다. 잃어버린 시간은 빼앗긴 시간이 아니라 키워낸 시간이라는 생각이 나를 위로한다. 나를 아프게 한 이도, 나를 다시 빛나게 할 이도 결국은 같은 존재들이다. 바로 우리 아이들이다.

사회로 돌아온 나는 대단한 꿈을 갖고 있지 않다. 부모로서 아이를 훌륭한 인물로 키워내겠다는 포부도 없다. 사회인과 부모라는 두 가지 역할 속에 하루하루 살아갈 뿐이다. 그렇게 버텨내고 지켜나가다 보면 내 인생에도 남들과 다르지 않은 일상의 경이로움과 행복이 발견되리라 믿는다.

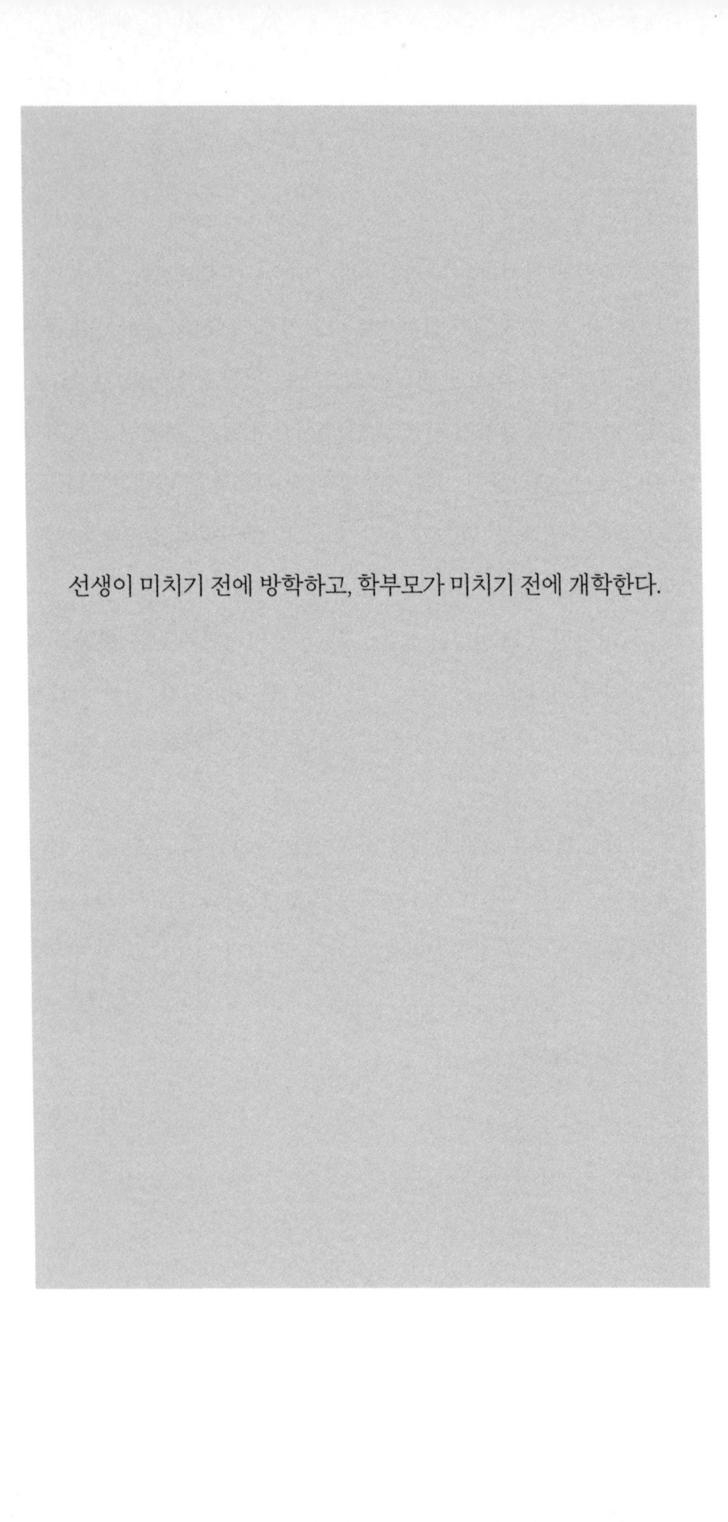

선생이 미치기 전에 방학하고, 학부모가 미치기 전에 개학한다.

믹스커피의 세계

총각 시절, 믹스커피 마시는 선배 선생님들의 모습을 지켜보던 때가 생각난다. 선배들은 하루도 빠짐없이 같은 시각에 봉지에 든 커피가루를 뜨거운 물에 타서 꼬박꼬박 들이키셨다. 흐트러진 머리를 뒤로 쓸어넘기며 믹스커피를 약처럼 챙겨 드시는 모습을 보면서 '어른들은 단것을 참 좋아하는구나' 하고 생각했다.

수업하고 쉬는 시간에 생활지도 하다 보면, 어느 날은 물 한 잔도 마시지 못하고 하루가 지나가기도 한다. 그만큼 정신없는 곳이 교실이다. 가끔 동료 선생님들과 모여 커피를 마실 시간이 가끔 주어진다. 그런 날이면 선생님들은 그 짧은 시간 안에 참 많은 것들을 쏟아내곤 했다.

재미있는 사실은 미혼과 기혼, 자녀 유뮤에 따라 커피 선택이 다르다는 점이다. 모든 상황이 다 그렇다고는 할 수 없겠지만, 옆 반 젊은 선생님들의 커피 선택은 아메리카노다. 그것도 대부분은 아이스 아메리카노다. 우리가 아는 '얼죽아'들이다. 나는 올해부터는(40세가 되었다.) 아이스 아메리카노는 거의 마시지 않게 되었다. 몸이 힘든 아침이면 본능적으로 믹스커피를 찾는다. 그 한 봉지의 마법가루로 해갈되는 피로회복의 기분은 말로 설명할 수 없는 그 무엇이다. 아메리카노 마시는 날보다 믹스커피를 마시는 날이 늘어난다는 것은 그 만큼 내 삶이 '쩔어 있음'을 드러내는 징표이기도 하다. 어느 날은 아메리카노를 마셨더라도 꼭 믹스커피까지 마셔야 피로가 풀리는 날도 있다.

매일같이 믹스커피를 드시던 육아 선배들의 사정이 이제야 이해가 된다. '퇴근은 곧 두 번째 출근'이라는 불변의 명제 앞에 그들은 학교에서 퇴근한 후에도 다시 가정으로 출근하여 저녁시간부터 밤까지 치열한 시간을 보냈을 터이다. 깊은 잠을 못 이룬 건 말할 것도 없고, 새벽부터 아이들 뒤치닥거리를 하고 정신없이 출근했을 터이다. 헤어스타일을 다듬고, 말끔한 옷을 입고, 향수까지 뿌리는 체계적인 치장은 상상할 수도 없고 스킨로션만 간신히 묻힌 채 뛰쳐나온 그들에게 잠깐의 짬을 내어 즐기는 믹스커피는 힐링 그 이상의 치료제였던 것이다.

나도 오늘은 믹스커피를 마셨다. 내 모든 피로를 말끔하게 풀어주기엔 턱없이 모자라지만 반나절 정도는 버틸 수 있는 에너지를 채워준다. 따뜻하고 달달한 것이 우리에겐 꼭 필요하다.

퇴근시간

코로나가 우리에게 가져다준 변화 중 하나가 퇴근 이후의 삶이다. 다양한 모습으로 우리는 회식을 가졌고, 자주 만났다. 아이를 키우는 것을 가장 우선순위에 둘 만한 환경과 여건이 만들어지지 못했었다. 하지만 팬데믹을 겪은 지난 삼 년의 시간이 우리의 모습을 조금 바꾸어놓은 것만은 확실하다.

퇴근하는 남편만 기다리는 아내에게, 반대로 퇴근하는 아내만 기다리는 남편에게는 퇴근시간이 조금이라도 뒤로 밀리는 것에 대해 예민할 수밖에 없다. 혼자 버티고 버티며 문이 열리기만을 기다리는 아내를 생각하면, 퇴근하는 아빠도 초조하기는 마찬가지다. 내가 홀로 육아할 때 그 감정을 고스란히 느꼈기 때문에, 아내가 홀로 육아할 때 지체 없이 퇴근을 했다. 맞벌이를 하게 된 우리는 아이들 하원을 위해 둘 중 한 사람은 반드시 일찍 퇴근해야만 했다.

교사인 나에게 주어진 가장 큰 선물은 '육아시간'이었다. 두 시간 일찍 퇴근할 수 있는 이 제도 덕분에 일찍 퇴근하여 아이들의 하원을 담당할 수 있었다. 이제는 부모님께서 하원을 맡아주시니, 우리의 퇴근이 얼마나 여유로워졌는지…. 남들과 같이 제시간에 퇴근하는 것만으로도 마음이 편안해졌다.

얼마 전, 동료 선생님들과 식사 약속을 잡았다. 한 선생님은 나와 같은 육아 동지였다. 나도 그랬지만 그 선생님도 이 한 번의 약속을 잡으시기 위해 남편과의 일정조율이 필요했다. 젊은 선생님들이야 가능한 날짜들이 많았으나, 나와 그 선생님 때문에 약속은 어렵게 잡혔다. 그렇게 잡은 약속이 예상치 못한 일 때문에 취소가 될 상황에 놓여졌었다. 아이를 키우는 분들에게 한 번의 약속을 잡기 위해서는 얼마나 많은 조정이 필요한지 나는 알고 있기에 도저히 그 약속을 취소할 수가 없었다. 최소 몇 주 전부터 아이들의 하원 및 돌봄을 남편에게 애써 부탁해서, 시간을 비워둔 한 선생님의 노고를 물거품이 되게 할 수는 없었다. 무리하다 싶을 정도로 그 약속을 지켜냈다. 덕분에 나도 그 선생님도, 오랜만에 느껴보는 자유로움과 즐거움에 푹 잠길 수 있었다.

"아이들 맡겨놓고 이렇게 나온 거 올해 딱 두 번째예요." 직장에 복귀한 지 일 년이 다 되어가는 즈음에 이런 고백을 하는 선생님을 보니 애잔한 마음이 들었다. 누군가에겐 그저 한번 있는 회식이, 우리에겐 여러 일정을 수정하고, 맡기고, 또는 아쉬운 소리를 해야만 확보되는 그런 것이기에 우리에겐 그런 자리가 참 소중하고 귀하다.

우리가 모르는 사이에

올해부터 등·하원을 부모님이 감당해주신다. 내가 휴직 중일 땐 내가 그 일을 담당했었고, 아내가 휴직 중일 땐 아내의 몫이었다. 등·하원을 경험해본 우리로선 그 일이 쉽지 않다는 것을 온몸이 기억하고 있다.

처음 아이를 맡겼을 당시엔 걱정이 되었다. 학교에 출근해서도 아이들 생각이 났다. 하지만 지내다 보면 이마저도 무뎌지는 것을 경험했다. 사실 그래야 했다. 출근하면 직장에 집중해야 하고, 나를 필요로 하는 누군가의 선생님이 되고 책임자가 되어야 한다.

1교시를 준비하는 아침시간이다. 띵동 하며 알림이 울린다.

"잘갔다걱정안해도돼♡♡"

사진 몇 장과 함께 보내주시는 부모님의 문자가 내 마음을 달랜다.

하원할 때쯤에도 엄마의 문자는 계속된다.

"오늘육계자미역국우리집서먹자반찬사났다."

"오늘우리집에서카레해먹자내가해놓을께."

저녁까지 해주시는 부모님을 위해 조금이라도 일찍 퇴근해 보려고 노력한다. 오늘은 부모님께서 약속이 있으셔서, 내가 아이들 하원을 맡기로 했다. 오랜만에 아이들을 데리러 간다. 5분 일찍 정류장에 나가 보니, 아이 친구들의 부모님들이 나와 계신다. 오랜만에 인사를 나눈다.

"어머님이 참 좋으세요."

"그게 무슨 말씀이세요?"

내가 잊고 지내던 엄마(아이 할머니)의 일상과 우리 아이들의 일상을 그분들을 통해 들었다. '내가 모르는 사이에 참 많은 일들이 지나가고 있구나.'

우리가 모르는 사이, 아이들은 할아버지·할머니와의 추억이 켜켜이 쌓여가고 있었다. 우리가 모르는 사이, 할머니·할아버지는 육아에서 핵심적인 역할을 하고 계셨다. 우리가 가깝게 알고 지내야 할 아이들의 친구 부모님들과도 할아버지·할머니가 대신 관계를 맺고 계셨다. 아이들이 좋아하는 놀이터, 방과 후의 루틴, 친하게 지내는 친구들. 이 모든 것을 우리 대신 부모님들이 소유하고 계신다.

출퇴근 거리가 멀다. 올해는 이곳 생활을 정리하고 집 가까운 곳으로 갈 생각을 하고 있다. 최근에 집 근처로 직장을 옮긴 선생님과 통화한 적이 있다. "학교를 집 근처로 옮기면 좋은 점도 있고, 불편한 점도 있죠. 그런데 내가 직접 아이를 등·하원시키는 것이 그 모든 불편한 점을 상쇄하고도 남아요."

직장생활 중에 하게 되는 여러 가지 결정이 아이에게 묶일 수밖에 없다. 아이를 위해 내가 포기하고 감내하는 것들이 아이의 성장에 무언가로 작용된다고 생각한다.

소아과 출근 전쟁

한때 내 퇴근길의 5할이 소아과로 향했다. 만 6개월에서 만 2세까지는 정말 자주 아프다. 그래서 만 2세는 되어야 어린이집을 보낼 수 있다고 하는가 보다. 이 시기엔 한번 감기에 걸리면 잘 낫지도 않는다. 항생제가 좋지 않다는 건 알지만, 항생제를 거의 달고 살았던 것 같다.

소아과 진료가 거의 마비된 수준이라는 이야기를 많이 들었다. 특히 수도권에선 진료받으려면 며칠은 대기해야 한다는 말까지 들었다. 다행히 내가 사는 지역은 그 정도는 아니다. 다행히도 우리 집 앞에 소아과가 있었다. 특별한 병이 아니면 똑딱이라는 예약 어플을 사용해서 집 앞 소아과를 이용했다. 그런데 환절기엔 이마저도 예약이 어렵다. 그럴 때면 내가 아침 일찍 오픈런으로 예약을 해놓고는 우리 차례가 될 즈음에 집에서 아이를 데려가곤 했다. 이런 방식이 여의치 않은 분들이 많을 텐데, 우리만 누리는 특권 같아 미안한 마음이 들기도 했다.

복직하고 나서는 퇴근 후에 소아과에 갈 일이 잦았다. 눈치 게임이라도 하듯, 손님이 밀리지 않는 시간을 이용하는 것이 관건이다. 하지만 누군들 그걸 몰라서 밀리는 시간대에 가는 것은 아닐 것이다. 퇴근하고 가면 꼭 그 시간에 환자가 몰린다. 10분 차이로 수십 명의 대기환자가 내 앞에 쌓이게 된다. 직장에서 조금만, 아주 조금만 일찍 퇴근해서 가면 한결 수월하다. 아이가 자주 아프지만 않는다면 이런 특권도 누려볼 만하다.

수족구, 구내염, 파라, 아데노와 같은 고열을 동반하는 전염병들은 큰 병원을 이용했다. 수액도 맞을 수 있고, 상황에 따라서는 입원도 가능하다. 여러 가지 피검사를 통해 병명을 정확히 알 수 있다는 장점이 있다. 큰 병원을 매번 이용하지 않는 이유는 대기시간이 너무 길어서 진료받기 쉽지 않기 때문이다. 그럼에도 아이가 고열에 밤새 시달리고 나면 새벽같이 깨서 큰 소아과의 예약을 잡고 온다. 진료까지 받고 나면 나의 하루는 온전히 집에 붙어 있게 된다.

팬데믹이 끝난 올해는 정말 다양한 질병들이 창궐했다. 이 주제에 대해 관심이 많았던 나는 진료를 받을 때면 여러 궁금한 것을 의사 선생님께 다 물어보곤 했다. 제대로 알아야 내 안에 있는 두려움이 희미해질 것 같았다. 전염병은 유행 시기가 저마다 다르고, 그 사이클이 몇 년 단위로 이어지는데, 올해는 유독 그 사이클과 상관없이 모든 질병이 동시에 유행한다는 설명을 들었다. 차트로 보여주시니 더욱 이해가 잘 되었다. 지난 삼 년간 모두가 마스크를 착용함으로써 잠잠해졌던 온갖 전염병이 동시다발로 유행하는 셈이다.

3월에 장염으로 시작해 5월에는 구내염으로 40도가 넘는 고열을 보여 구급차를 타고 대학병원 응급실에 갔다. (이틀 차이로 둘 다 같은 일을 반복했다). 7월에 키즈카페에 다녀온 뒤 다시 걸린 구내염과 수족구. 우리의 방학을 송두리째 앗아간 아데노 바이러스까지(이때는 수족구와 함께 걸렸던 기억). 올 한 해 동안 시달린 질병이 한두가지가 아니다.

가끔 아이의 출석부를 뒤져 본다. 출석부는 이 모든 인고의 시간을 기억하게 해준다. 어린이집과 유치원에 각각 보내고 출근하는 지극히 일상적인 이 시간들이 얼마나 고마운 건지 문득문득 깨닫는다. 2학기엔 한 번도 결석하지 않았으나, 여전히 우리는 독감과 코로나, 리노 바이러스, 마이코플라즈마 같은 질병에 위협받고 있다.

하나가 아프면 꼭 둘이 아프게 된다. 둘에서 끝나지 않고 아이들 엄마와 나까지 훑고 지나간다. 아이들이 어서 커서 아프지만 않아도 참 좋겠다.

겨울산

자신을 꽁꽁 숨겨
그 내면을 가리운
황량한 겨울산을 오른다.

그 무엇도 없을 것만 같은
산자락은
두팔 벌려 가슴 한가득
빛을 받아들이고 있다.

앙상한 나무가 절개를
짙게 굽은 소나무가 올곧음을
뿌리를 대지 위로 내민 고목이
뜨거운 생명력을 드러내고 있다.

추억을 간직한 나뭇잎이
손님 발을 간지럽히고,
빛 바랜 단풍은
그리움을 토해낸다.

자신을 꽁꽁 숨겨 내면을 가리웠던

황량한 가을산은

자신을 향한 성실한 발걸음에

자신의 깊은 내면을 허락한다.

순하면 손해

아들이 열감기로 아프면서 가정 보육을 하게 되었다. 몇 번 경험해봐서 잘 알지만, 아내 혼자서 둘을 돌볼 수가 없다. 우리의 선택지는 많지 않았다. 예민한 아들은 도저히 누구한테 맡길 수 없었고, 그나마 순한 딸은 할머니·할아버지에게 맡길 수가 있을 것 같았다. '그래, 해보자.'

사실 아들은 둘이서도 감당이 안 될 때가 많았다. 그래도 상황이 이러니 아내가 아들을 종일 보기로 하고, 딸은 내가 출근할 때 시골집에 맡기기로 했다. 출근길이 먼 나는, 이른 아침부터 자고 있는 딸을 안고 문을 나섰다. 부모님은 반겨주시긴 하지만, 첫째가 지금 둘째 나이 때 시골집에 왔다가 자지러지게 우는 바람에 식겁한 기억이 있어 긴장도 되셨을 것이다. 할머니·할아버지 집이 낯설까 싶어, 10분 정도는 같이 있다가 출근을 했다. 학교에 있는 내내 일이 손에 잡히지 않았다.

전화해보니 할머니·할아버지 목소리가 밝다. 첫째와는 다르게 울지를 않는다고 신기해하신다. 가져간 모유도 꿀떡꿀떡 잘 먹었다 하셨다. 퇴근 후 엄마·아빠 좋아하는 간식거리를 사서 시골집에 들렀다. 감사하다고 몇 번을 말씀드렸다. 그렇게 첫날은 무사히 넘겼다. 하지만 아들의 열감기가 쉽게 낫지 않았다. 다음날도 할머니·할아버지 찬스가 필요했다. 전화드렸다. 첫째와는 다른 둘째의 순함 때문에 흔쾌히 승낙하셨다. 그렇게 두번 째 날도 딸은 시골집에 맡겨졌다. 며칠째 집에만 갇혀 있던 아들은 엄마랑 동물원 나들이를 잠시 다녀왔다.

순하디순한 딸. 순하지 않아도 그냥 예쁜 딸. 이렇게 시골집에서 잘 있어줘서 정말 고마웠다. 딸에겐 미안하지만 앞으로도 예민한 아들부터 챙겨야만 하는 상황이 많을 것 같다. 순하다는 이유로 딸은 계속해서 순서가 두 번째로 밀릴지도 모르겠다. 심지어 열감기도 서로 주고받았는데, 딸은 열 한번 안 나고 쉽게 지나가 준다. 하나라도 순한 게 다행이다.

p. s.

2년이 지난 후 둘째는 미운 네 살이 되었다. 첫째는 어엿한 6세 유치원생이 되었다. 상황이 바뀌었다. 첫째는 이제 우리의 손을 덜 탈 만큼 의젓하게 자랐다. 둘째는 이제 딸처럼 행동한다. 자주 삐치고 감정의 기복이 사춘기와 같다. 아들에게 몰려 있던 관심과 에너지가 이제 딸에게 흘러간다. '그래, 우리 딸. 이제 아빠의 엄마의 관심과 사랑을 네가 누리렴.'

첫째가 구내염으로 갑자기 열이 났다. 아이가 열이 나면, 우리의 모든 일상이 뒤죽박죽이 된다. 우선 아이를 어린이집에 보낼 수 없는 상황이기 때문에, 누군가는 연가를 내야만 한다. 모든 가용한 대안들을 놓고 저울질하기 시작한다. 이제 막 복직한 아내가 연가를 내야 하나, 자주 연가를 낸 내가 또다시 연가를 내야 하나…. 어느 것 하나 맘 편한 결정은 없다. 그저 덜 불편한 쪽으로 결정을 해보기로 한다.

낯이 좀더 두껍고, 이런 상황을 좀더 이해해주는 학교에 근무하는 내가 하기로 결정이 되었다. 전날부터 이미 나는 정신이 하나도 없다.

'교감선생님껜 미리 연락을 드려야 하나, 열이 내릴 수도 있으니 당일 아침에 연락을 드려야 하나?' 이 문제를 고민하는 것부터 준비는 시작되었다. 동학년 선생님들께 양해를 구하고, 우리 반 아이들에게 미리 공지를 띄워놓는 일까지 마쳤지만 여전히 민

망하고 찝찝한 마음이 가시지 않는다.

교사로서 암흑기와도 같은 이 시간도 그저 버티고 살아낼 뿐이다. 사람들의 시선과 평가는 잠시 내 마음에 스쳐 지나가게 둔다. 내 상황의 불편과 결핍을 받아들이고 주변 사람들에게 고개 숙이고 미안한 마음 가지면서 그저 걸어갈 뿐이다.

새벽부터 일어나 준비를 하기 시작한다. 아이들 옷을 입혀서 아내의 등굣길에 동참했다. 이때라도 같이 나갔다 와야 한 시간이라도 훌쩍 보낼 수 있으니 말이다. 학교 일은 아이들과의 단톡방을 통해 안테나를 세워둔다. 수준차가 있는 두 남매를 함께 놀게 해주기 위해 잔머리를 굴리고 또 굴려본다. 그래도 이럴 땐 둘이라 한결 수월하다. 지지든 볶든 둘은 심심할 틈이 없다.

아이들이 잠시라도 스스로 놀기 시작하면, 그 틈을 놓치지 않고 집을 치워야 한다. 오늘의 빨래도 돌리고, 빨래가 돌아가는 동안 밥을 안치고 프라이팬을 예열한다. 배고픔을 참지 못하는 둘째를 식탁의자에 앉혀놓고, 말을 시켜가며 점심 할 시간을 번다. 이제는 영상 찬스를 써야만 한다. 첫째한테 영상을 틀어주고, 둘째 밥을 먹인다. 둘째가 음식을 씹는 동안 내 입에도 재빨리 음식을 욱여넣는다. 갑자기 응가 냄새가 난다. 항생제를 먹고 있는 둘째의 첫 번째 설사다. 먹다 말고 아이 엉덩이를 씻기러 간다. 다시 와서 먹고 먹인다. 비위가 상하지 않냐고? 전~혀. 잘 먹어주는 둘째 덕에 힘이 났고, 나도 먹으니 에너지가 충전된다. 이제 영상을 보고 있던 첫째가 먹을 차례다. 보던 영상을 중간에 꺼야 하니 살

살 달래야 한다. 조심스레 영상을 멈추고 식탁의자에 앉힌다. 먹인다. 구내염 때문인지 잘 먹질 않는다. 또 살살 달랜다. 세 입만 먹자는 말로 가시적인 목표를 설정해준다. 이때 둘째는 협조를 잘 해주나? 그렇지 않다. 다 먹은 둘째는 첫째가 먹고 있으면 또 먹는다. 첫째 먹이면서 한 번씩 둘째에게도 먹여야 한다. 둘 다 아프니 숟가락은 섞이지 않게 각자의 숟가락으로 한입씩 떠먹인다. 또 냄새가 난다. 둘째의 응가다. 첫째에게 양해를 구하고 둘째 엉덩이를 씻긴다. 자주 씻기니 이번엔 바디로션 발라주는 것만이라도 생략할까 하는 생각이 스쳐가지만, 아토피 초기 증상을 보이는 둘째의 피부는 소중하니 또 발라준다. 열 번 씻겨도 열 번 발라준다.

그렇게 세 입의 결핍을 채워주었다. 배부른 아이들 입에 주스 빨대 꽂아주고, 다 돌아간 빨래를 꺼내 넌다. 둘째 눈이 감긴다. 그러나 이대로 재울 순 없다. 왜냐하면 첫째와 함께 재워야 나도 쉴 수 있기 때문이다. 첫째는 집에선 절대 낮잠을 자지 않는다. 애들 옷을 급하게 입힌다. 이때 둘째는 이미 피곤에 짜증이 가득 차 있는 상태니 안은 상태로 첫째 외출 준비를 해야 한다. 엄마 학교로 마중 나가자는 말로 아이들을 설득해서 차에 태운다. 여기까지다. 이제 아이들이 낮잠을 자주고, 아이 엄마 학교 앞에서 대기하다가 나오면 태워서 집에 오면 된다. 그러나 계획은 계획일 뿐이다. 둘째는 예상대로 바로 잠들었으나, 첫째는 잠을 자지 않는다. 그렇게 한 시간을 운전했다. 포기하려던 참에 첫째가 잠에 든다. 그렇게 차에서 삼십 분 쉬고, 둘째가 깨면서 첫째를 깨웠고, 모든 쉼은 끝이 났다.

이 모든 일을 웃으면서 해야 한다. 아이가 아프니 어르고 달래야 하는 나는 아무리 힘이 들어도 참고 친절하게 아이들을 대해야 한다. 참으로 초인이 되는 셈이다. 그런 에너지가 있다. 평소엔 2대 2(아내와 나, 아이들 둘)도 버거운데, 아이들이 아프면 1대 2도 거뜬히 해내고야 만다.

이 구구절절한 글은 왜 쓰고 있는지. 혹자는 이 모든 글이 과장을 더한 거라 생각할 텐데, 천만에. 현실은 글보다 더욱 치열하고 난리판이다. 그래도 우울하진 않다. 이런 날이 매일의 일상은 아니니까, 오늘 하루였을 뿐이니까.

내게도 그분이

사람들이 마음의 병에 부쩍 관심을 갖기 시작한 것 같다. 최근에 〈정신병동에도 아침이 와요〉라는 드라마를 정주행했다. 이 드라마를 보며 깊이 공감했는데, 얼마 전 나에게도 '공황'이 찾아왔기 때문이다.

지난 8월. 뜨거웠던 그 여름에 나와 아내는 그 어떤 시간보다 힘든 시간을 보냈다. 휴가를 보내고 온 뒤, 첫째와 둘째가 아데노 바이러스에 연달아 걸린 적이 있다. 이 바이러스는 매우 독해서 5~6일 동안 고열이 잡히지가 않았다. 결국 입원을 결정했고, 아내와 내가 교차로 집과 병원에서 각각 첫째와 둘째를 돌보았다. 그나마 다행이었던 것은 내가 방학 중이었다는 것이다. 아내는 개학을 이미 한 상태였고, 새 학기에 들어가는 그 중요한 시기에 정신없는 2주를 보내게 되었다.

아이들이 병원으로 입원해 있는 동안 나는 뜬금없이 코로나에 재감염되었다. 면역력이 약해져서였을까? 한 달 뒤엔 독감도 걸렸다. 쇠약해진 몸을 추스르기 위해 링겔이라도 맞으러 간 내과에서, 나는 처음으로 공황을 경험했다.

한 시간이면 다 맞을 링겔이었는데, 갑자기 찾아온 공황 때문에 주사를 맞다 말고 집으로 오게 되었다. 집에 와서는 아이들을 전혀 돌보지 못하고, 시들시들 하루를 누워만 있었다. 참으로 두려웠다. 링겔도 제대로 맞지 못하고 주사줄을 뽑고 뛰쳐나오던 그 장면이 나를 짓눌렀다. 며칠 뒤엔 혼자 영화관에서 영화를 보는 도중에 같은 증상이 찾아와서, 밖으로 나와 심호흡을 깊게 한 적이 있다.

돌아보면 마음이 병이 갑작스럽게 찾아온 건 아니었다. 육아를 하는 지난 사 년 동안 내 마음은 버티고 또 버티고 있었던 모양이다. 분명 노란 불이 여러 차례 경고를 해왔다. 나는 그 경고를 무시하고 버텨왔다. 그러다 마침내 무너지고 말았다.

건강을 되찾기 위한 노력을 시작했다. 한 의사 선생님의 말에 건강을 위해선 세 가지가 중요한데, 그것은 수면·식단·운동이라고 했다. 그중 수면은 나머지 둘을 합친 것보다 더욱 중요하다고 했다. 되돌아보니 내가 코로나에 재감염되고 독감에 걸렸을 즈음 잠을 잘 자지 못했었다. 불면증도 있었고, 무엇보다 아이들이 잠든 뒤 나만의 꿀맛 같은 시간을 포기할 수가 없었기 때문이다. 이제는 아이들이 잘 때 나도 같이 잔다. 늦어도 11시 이전에는 꼭 잠자리에 든다.

운동도 시작했다. 아침에 가벼운 런닝에서, 주 2회 정도는 꼭 헬스장을 찾아 근육운동을 하기 시작했다. 방학을 하고는 아내가 다니는 요가를 함께 다녀보기도 했다. 아내랑 함께 간 첫 요가 시간이 지금도 잊히지 않는다. 몸이 부서질만큼 힘들었다. 땀이 비 오듯 쏟아졌다. 아주 오랜만에 해보는 고강도 운동이었다. 힘든 동작을 다 마치고 나면 음악이 바뀐다. 잔잔한 음악을 들으며 누워서 호흡을 고르는 시간인데 갑자기 주체할 수 없이 눈물이 흘러나왔다. 내 몸에 대한 미안함이었는지, 고된 시간 뒤에 찾아오는 그 편안함이 지금의 내 상황 같아서 그랬는지 모르겠다. 아내랑 함께 요가를 마치고 아내에게 그 이야기를 했더니, 본인도 첫날에 그랬다고 했다.

내 몸을 살피기 위해 잘 자고 잘 먹기로 결심했다. 내 마음도 자주자주 들여다봐주기로 다짐했다. 무엇보다 면역력이 약해져 아이들 아플 때마다 같이 아프곤 하는 아내에게도 그 이상의 시간을 할애해주기로 약속하고 다짐해본다.

주말 살려

일찍 일어나야 한다는 압박감은 주말에도 변함없다. 출근은 하지 않지만, 일찍 일어나 뭐라도 조금 하고 싶은 마음 때문이다. 주중에 못했던 운동을 좀 하는 것, LP를 들으며 커피 한잔 마시는 것, 책을 조금 읽고 다이어리를 펴서 생각을 정리하는 것. 이 모든 것이 일찍 일어나면 다 가능하다. 하지만 결국 본능에 밀려서 조금 늦게 일어났다. 다행히 아직은 일어나지 않은 아이들, 이제부터는 마음이 급해진다.

핸드폰 잠깐 만지작거리다 이제는 정말 일어나야겠다는 다짐을 한다. 화장실부터 다녀오고 책상에 앉자 첫째가 깼다. 무너지는 마음. 이 마음도 내려놓아야만 진정한 육아의 고수인데, 이건 놓아지지 않는다.

물론 행복한 주말도 있다.

잠이 깼는데도 뒹굴뒹굴 하고 있다. 안방에서 깨어난 아내가 내 방에 침투했다. 내 옆에 누웠다. 둘이 뒹굴뒹굴 했다.

첫째가 깼다. 첫째가 내 방에 침투해, 우리 둘 사이에 누웠다. 셋이 뒹굴뒹굴 했다.

둘째도 깼다. 둘째도 내 방에 침투해, 우리 셋 사이에 누웠다. 넷이 뒹굴뒹굴 했다.

행복감이 밀려온다. 소풍 가서 잠깐 앉아 있을 때 햇빛 쬐며 요거트 먹을 때 같은 행복감이 주말 아침에 밀려든다.

우리의 주말 풍경은 여러 변화를 겪어왔다. 아이들이 어릴 땐 주말의 대부분을 집에서 보냈던 것 같다. 아이들의 어린 시기가 대부분 펜데믹 기간이었던 것도 한몫 했을 것이다. 아이들이 크면서는 토요일엔 거의 모든 날에 약속을 잡아본다. 집에 있으면 아이도 미치고, 우리도 미친다. 그리고 우리 아래층도 미칠지 모른다.

목요일쯤 되면 정신이 차려진다. '이번 주말에는 뭐하지?' 뭐라도 계획을 세워야 한다. 각 가정마다 주말 일정 잡는 책임자가 있을 터인데, 우리 집에선 나다. 아이도 좋아하고 나와 아내도 좋아하는 육아 동지 집에 연락을 해본다. '이번 주말에 뭐해?' 초조하게 답장을 기다린다. 초대의 답장을 받으면 그 주의 주말은 그렇게 해결이 된다. 그렇지 않으면 또 다른 대안을 찾아 여기저기 기웃거린다.

육아 동지 찬스는 되도록 아껴둔다. 되도록 두 주 정도는 텀을 두는 사이클을 지키려고 한다. 그 집도 나름의 일정이 있을 것이고, 아이 둘인 우리 집이, 아이가 하나인 그 집에겐 늘 을이 될 수밖에 없다. 그래서 아무리 급해도 매주 만남을 잡지는 않는다. 한 주라도 걸러지면 연락을 해볼 만한 용기가 생긴다.

가까운 동물원, 키즈카페, 대형마트, 가까운 초등학교 놀이터, 말이 있는 카페, 참 다양하게 다녀봤다. 약속이 정말 잡히지 않을 땐 '그럼 여기 가자' 할 수 있는 우리 가족만의 환대의 공간도 비장의 카드로 가지고 있다. 다만 키즈카페는 거의 가지 않는다. 우리 집 아이들은 거기에 다녀오면 꼭 아팠다. 한두 번 그런 일을 겪고 나니 아무리 좋아도 가고 싶은 마음이 싹 사라졌다.

가장 기억에 남는 주말은 추석 연휴를 낀 주말이었다. 연휴가 시작된 첫날, 내 몸이 이상했다. 열이 나고 아팠다. 혹시 몰라 독감 코로나 검사를 했다. 독감 진단을 받아 아이들과 아내가 연휴 내내 양쪽 본가를 전전하며 나와 분리된 생활을 했다. 나는 뜻하지 않게 나흘을 격리했는데 사실상 그게 휴가였다. 평소 보고 싶었던 드라마를 실컷 봤다. 물론 한 달 뒤엔 아내가 아팠고, 내가 사흘간 아이들을 데리고 다녔다. 아내에게는 거꾸로 그 주말이 가장 기억에 남았을 것이다.

아이들의 낮잠은 정말정말 매우 몹시 중요하다. 낮잠을 패스하면 오후 5시쯤부터는 아이의 짜증이 시작된다. 그러면 계획해 놓은 스케줄도 뒤죽박죽이 되기 마련이다. 우리 아이들은 집에서는 절대 안 잔다. 차에서만 자는 아이들 특성 때문에, 아이들이 자는 2시에서 5시 사이는 차로 이동하는 스케줄을 넣는다. 그 시간이 낮잠 시간이고, 나와 아내에겐 커피타임이다. 드라이브 스루에서 받아 단둘이 마시는 커피와 휴식은 참으로 달콤하다.

누군가에게 주말은 기다려지는 시간이다. 하지만 우리에겐 또 다른 출근의 연속이다. 금요일 퇴근 땐 큰 한숨을 한번 쉬고, 마음의 가짐을 새로이 해본다. 주말이 그다지 기다려지지는 않는데, 막상 일요일 밤이 되면 출근하기도 싫어진다. 관성의 법칙인가 보다. 학교와 집, 일과 육아. 어느 하나에 집중하기가 참으로 어렵다.

메리 크리스마스

12월이 시작되면 크리스마스 트리를 장식한다. 그런 뒤론 산타할아버지를 간절히 기다린다. 이제 다섯 살(만 4세) 밖에 안 되는 첫째가 어느 날 하원 후에 "산타할아버지 가짜거든!"이라고 말해서 깜짝 놀란 적이 있다.

최근 한 기사에서 평균적으로 8세가 되면 아이들은 산타의 존재를 알게 된다고 했다. 알게 되는 경로는 대체로 친구였으며, 부모님의 거짓말을 알곤 큰 충격에 빠지는 아이들도 있다고 한다. 그런데 우리 아들은 이제 5세인데, 어떻게 이리 빨리 알게 된 것일까?

"그래? 그럼 ○○이는 산타할아버지 없다고 했으니, 선물 안 받아도 되는 거지?"

"아니!"

며칠 뒤 첫째의 유치원에도, 둘째의 어린이집에도 각각 다른 날에 산타할아버지가 찾아오셨다. 다행히 첫째도 다시 산타의 존재를 믿게 되었다. 올해 첫째의 선물은 '헬로카봇'이었다. 10만원이나 되는 고가의 선물이었다. 둘째는 갖고 싶은 선물이 샤인 머스켓이라고 했다. 먹는 걸 좋아하는 줄은 알았지만, 크리스마스 선물로 샤인 머스켓을 사달라고 할 줄은 정말 몰랐다.

작년만 해도, 아이들의 크리스마스 선물은 그리 고가가 아니었다. 자동차를 좋아했던 아들에게는 자동차 장난감을 선물했고, 더 어린 시기에는 동물 피규어를 사 줬다.

남자아이는 자동차파와 공룡파로 나뉜다 했다. 우리 첫째는 확실한 자동차파다. 그런데 유치원에 가서 다른 아이들과 어울린 뒤로는 공룡파로 전환이 되었다. 동물에서 시작해서 자동차를 거쳐 로봇으로 진화했다가 공룡까지 왔다. 이 과정을 거치며 장난감 사주는 비용도 무시하지 못할 수준으로 올라갔다. 아이들 때문에 구매하게 되는 물건들의 시장 규모는 상상조차 어렵다.

예전에는 한 달 두 달, 길게는 일 년까지 애착을 가지고 놀던 장난감. 이제는 일주일 재밌게 가지고 놀면 다행이다. 아이가 새 장난감을 재밌어하는 시간이 갈수록 짧아지면서, 우리도 이제는 새것보다는 중고를 찾게 되었다. ○○마켓을 통해 싸게 구입하거나 되팔기도 했고, 우리 아파트 입주민 온라인 카페의 '무료나눔' 게시판에서도 도움을 많이 주고받았다. 사용기간이 짧은 장난감도 그렇지만 사이즈가 빠르게 바뀌는 아이들 옷이나 신발은 나눔이 필수적이다.

아이가 커가는 과정에서 점점 더 큰 것을 사줘야 하는 시기가 닥쳐올 것이다. 그 금액의 크기가 과연 어디서 멈출지 생각만 해도 걱정이 된다. 그때를 위해 우리는 아이들 적금을 시작했다. 아이들 할머니께서도 매달 소정의 금액을 넣어주시기로 했다.

언니 육아

주말에 가족끼리 삼삼오오 놀러온 공원에 유난히 눈에 띄는 자매가 있다. 어린 여자애가 자기보다 더 어린 동생과 야무지게 놀아준다. 손을 잡고 이 놀이 저 놀이 경험시킨다. 마치 엄마처럼.

이번엔 도서관에 있는데 그들과 다시 마주쳤다. 언니가 동생을 내 옆에 앉히더니 책을 쥐여준다. "다 읽으면 느낀 점 이야기해야 해."라고 말하더니 본인은 스마트폰으로 웹툰을 본다.

"언니, 이거 다 읽었어."

"그래? 그럼 다른 책 또 가지고 와. 이따 갈 때 읽은 책 내용 다 물어본다?"

"응."

언니의 돌봄 옆에서 나도 책에 눈 좀 붙인다. 엄마 같은 언니의 육아방식에 나도 한 수 배웠다.

품앗이

유치원이 방학을 했다. 그 닷새 동안 아이를 봐줄 사람이 필요했다. 우리의 방학과 겹쳤으면 참 좋았으련만 완전히 빗겨나갔다. 생각이 없는 난 어떻게든 되겠지 했고, 아내 혼자 걱정을 안고 한 학기 내내 끙끙 앓았다. 그 시간이 가까워지고 있었다. 뭔가 대안이 필요했다. 엎친 데 덮친 격으로 첫째 유치원과 둘째 어린이집 방학 기간이 달랐다. 겹치는 이틀을 제외하고 여덟 날이 온전히 우리의 책임이었다.

믿을 곳은 한 군데뿐이었다. 아이들 등·하원을 시켜주시는 본가 부모님의 도움을 받는 것이다. 하지만 나이 많은 부모님께 내리 두 주가량을 맡긴다는 게 썩 내키지 않았다. 어느새 그날은 다가오고 아내와 나는 초조해지기 시작했다.

어느 주말에 육아 동지인 친구네 집에서 함께 아이들을 보는데, 한 생각이 퍼뜩 스쳐갔다. 친구네랑 우리네랑 서로 봐주면 나흘은 볼 수 있을 것 같았다. 나와 아내, 친구와 제수씨. 이렇게 넷이 하루씩만 연가를 써서 돌아가며 아이들을 보면 나흘 정도는 어떻게든 볼 수 있을 것 같았다. 이 아이디어를 말했더니 친구도 흔쾌히 받아들였다.

첫째 날 친구가 아이들을 보는 날이다. 출근하는 길에 아들을 그 집에 데려가 맡겼다. 가족이 아닌 다른 사람 손에 아이를 맡기는 것이 처음이었다. 정신없이 인사를 하고 돌아선 뒤에도 걱정이 계속되었다. 나오자마자 전화를 하자니 극성 부모 티를 내는 것 같아서 통화버튼은 못 누르고 반 시간가량 지나서야 잘 지내는지 전화를 걸어보았다. "어. 너무 잘 지내." 이 한마디에 바로 안심이 되어 일에 집중할 수 있었다. 몇 시간마다 한 번씩 보내주는 사진 덕분에 더욱 마음이 놓였다.

그렇게 하루를 잘 보냈다. 아들은 무척 행복해했다. 집에 와서도 그날 있었던 일을 조잘조잘 이야기했다. 어쩐지 그날 밤은 잠이 오지 않았다. 내일은 내 차례다. 학교일은 대충 마무리했고, 나 대신 들어오실 선생님들께도 연거푸 미안한 마음을 전했다. 교감·교장 선생님께도 몇 번이나 죄송하다는 말씀을 드렸다. 그렇게 간신히 마련한 하루였다. 내 상황을 이해해주는 동료들의 따뜻한 마음과는 별개로 미안하고 편치 않은 마음은 내가 견뎌야 할 무게였다. 집에서 봐야 하는 아이들 걱정, 학교에 두고 온 아이들 걱정, 하루를 버텨야 하는 내 걱정에 잠이 오질 않았다.

이튿날 나는 세 아이를 봤다. 흡사 어린이집 체험이다. 준비한 색칠공부, 장난감, 잠깐의 야외체험까지 계획해놓은 카드는 왜 이렇게 빨리 써지는지. 다음 카드가 항상 필요했다. 같이 놀 친구가 있다는 건 참 좋은 일이다. 일대 이보다 일대 삼이 한결 편했다. 친구가 있으니 아이들은 함께 놀며 즐거워했다.

"어제가 행복했어, 오늘이 행복했어?"

"오늘이요."

내가 친구를 이겼다. 이 한마디에 나의 모든 수고로움의 피로가 씻겨 나갔다. 오늘 아이 셋을 보며 찾아간 카페에선 사장님께서 이렇게 말씀해주셨다.

"품앗이네, 육아 품앗이. 옛날에도 우리 때도 다 이렇게 키웠던 것 같아."

조상들이 참으로 현명했다는 생각이 든 하루였다.

학교에서 아이들 대상으로 직업 체험 부스가 열렸다. 드론, 향수 만들기, 코딩 같은 다양한 부스가 마련되었다. 그중 한 부스가 내 눈에 띄었다. '도형 심리테스트'라는 부스였다. 선생님의 신분에도 불구하고, 염치없게 그 부스에 들어갔다.

"저도 해봐도 되나요?"

"물론이죠, 선생님."

담당 선생님의 안내에 따라 간단한 테스트를 진행했다. 검사지를 보더니 담당선생님께서 나에게 이런 말씀을 해주셨다.

"하고 싶은 걸 못하고 사시나요? 하고 싶은 것 하셔야 해요."

그 선생님의 한마디가 마치 도끼로 내 마음을 찍는 듯했다. 아이 낳고 지난 수년간 오롯이 나를 위해 한 게 전혀 없었다. 여기저기 불러주던 곳도 더이상 나가지 않는다. 퇴근 후에 누군가를 만나고 무언가를 배우고 가르친다는 건 나에겐 사치였다. 집-학교-집-학교. 학교에서는 조금 큰 아이들. 집에서는 조금 작은 아이들. 내 삶에는 내가 책임져야 할 아이들만 가득했다.

오롯이 아이들에게만 붙어 있느라 눌려 있던 내 욕망이, 여유가 아주 조금 생기고 나니 보이고 느껴지기 시작한다. 나보다 젊은 사람들이 여러 모양으로 자기의 꿈을 펼쳐가는 모습을 보면 한없이 작아진다. 나도 아이들 낳기 전엔 화려했고 눈부셨다. 하지만 이제는 멀리서 부러워만 할 뿐, 나는 그렇게 살아갈 수 없다는 걸 잘 안다.

애 한 명 키우는 데, 나만 갈아 넣은 게 아니라, 내가 사랑하는 다른 사람들까지 이 고통의 배에 태운 것 같아서 미안했다. 미안하다는 말을 달고 살았다. 누군가에게 민폐만이라도 되지 않으려고 아등바등했다. 간신히 하루 버틸 에너지만 있는데, 무언가를 더 벌리거나 추진할 수는 없다. 좋아하는 책도 진득하게 앉아서 읽을 시간이 없다. 내가 찾은 힐링 독서는 그림책과 시집이다. 시와 그림책은 찰나의 내 시간을 흠뻑 적셔주기도 했다. 깔짝깔짝 글쓰기. 그리고 우리 반 아이들에게 최선 다하는 것. 이 정도가 내가 감당할 수 있는 몫이었다.

'나는 여태 뭐 했지?'

여느 광고나 드라마에서 등장하는 주인공의 독백이다. 나야말로 생산적인 일, 나를 위한 것이 없었다. 이런 생각이 들 때마다 내가 키운 아이 둘을 본다. 내 삶의 속도가 멈춘 시간. 오히려 뒤로 후퇴한 시간. 이 시간을 받아 아이들은 멈추지 않고 앞으로 나아갔다. 이것이 내가 아이들에게 지금 해줄 수 있는 가장 소중한 선물이었다.

그래도 지금 당장 하고 싶은걸 하나 꼽으라면, 예전 야구팀 버벅스 형님들이랑 웃으면서 야구 한 게임 원 없이 해보는 것이다.

포도시

어제는 아내의 생일이었다.

"오늘 뭐했어?"

"다이소에서 ○○ 만났어."

"○○? 임신 중일텐데?

"대단하더라. 임신 중인데도, ○○마켓 통해서 아이 영어 교재 산다고 나왔더라고."

"대단하다."

주변에 에너지 넘치는 사람들을 보면 참으로 신기하다. 아니 에너지가 있는 사람만 봐도 신기한 눈으로 바라봐진다. 우리에겐 그 에너지라는게 정말 1도 없는 듯하다. 오늘 만난 후배를 통해 우리를 반추해봤다. 이제 네 살 된 아이를 위해 무엇이 필요한지 찾아보고, 또 그것을 사기 위해 돌아다닐 수 있는 에너지가 있다는 것이 대단했다.

"당신은 이런 에너지 있어?"

"아니."

"어, 나도 없어."

요즘 읽은 어느 책에서, 딴 생각하는 시간은 우리가 집중하지 못하는 시간이 아니라, 우리 삶에 꼭 필요한 창의력을 발휘하는 시간이라 했다. 하지만 우리에겐 이런저런 생각을 할 만한 여유가 없다. 아이에겐 뭐가 좋은지, 아이에게 뭘 가르쳐야 하는지 찾아보고 알아볼 만한 시간이 우리에겐 허락되지 않는 듯하다. 기저귀, 아이들 주스, 매일 먹어야 하는 것들을 위한 정기적인 장보기만으로도 우리는 버겁다.

가정에서만이 아니다. 학교에서도 내가 가르치는 아이들을 위해, 동료교사들을 위해, 학교를 위해 내가 할 수 있는 것들이 너무 초라하고 보잘것없다. 고민하고 실행하고 반성해볼 여력이 없다. 아니 그 시작인 고민조차 어렵다.

아내가 말했다. "우리는 포도시, 오늘 하루, 이 하루를 살아갈 만한 그만큼의 에너지만 있어."

맞다. 우리에겐 포도시, 겨우, 간신히 하루를 살아낼 만한 힘과 에너지만 있다. 우리도 언젠가는 내일을 고민해볼 만한 여유, 우리 말고 주변을 좀 깊이 들여다볼 만한 에너지가 생길 수 있을까? 한편으로는 이 하루를 살아낼 힘이라도 있는 것이 감사하게 느껴지기도 한다.

나아진다

비가 오고 미세먼지가 심한 토요일이다. 만날 수 있는 육아 동지도 주중에 다 만나버렸다. 사용할 카드가 없는 셈이다. 오늘은 말 그대로 가정보육이다. 아이들 방학이라 바깥으로만 돌았으니 하루는 집에 머물면서 쉬자는 판단을 했다. 장난감을 총 동원해 놀았고, 아이들이 밥을 먹는 동안 장난감을 정리했다. 식사 후 다시 장난감으로 난장판을 만든 뒤에 다시 치웠다. 이 사이클을 세 번 하고 나니, 낮잠 시간이 되었다. 둘째는 아직 어린이집을 다니고 있어서인지 낮잠을 꼭 자야만 했다. 첫째는 유치원에 다니면서 이제 낮잠 없는 삶에 적응하고 있다. 이 둘의 조합을 어떻게 요리할지 전략과 작전이 필요하다. 집에서는 결국 둘 다 자지 않는다. 아내는 너무나 지친 나머지 나를 믿고 안방에서 잠들었다. 나는 아내를 믿고 거실 소파에서 잠들었다.

어렴풋이 깼을 땐, 아이들의 웃음소리가 들렸다. 눈을 떠보니 아이들이 수영복을 입고 있었다. 둘이서 깔깔깔 거리면서 무언가 작당을 하고 있음이 틀림없다. 이럴 땐 무언가가 엎질러졌거나 부서졌거나 난리가 나 있을 게 분명했다. 하지만 그렇지 않았다. 아빠, 엄마가 잠들어버린 동안 둘이서 같이 놀았다.

가족 모임에서 형님이 하셨던 말씀이 떠올랐다. "둘째가 여섯 살 되면 살 만해요."

여섯 살이 사람됨의 기준인가보다. 여섯 살만 되면 그래도 혼자 무언가를 할 수 있는 사람이 되는가 보다. 우린 아직 첫째가 다섯 살인데도 이전에 비하면 살 만했다.

얼마 전엔 아버지랑 아들 그리고 나까지, 삼대가 카페에 함께 갔다. 아버지까지 함께한 건 내가 너무 방전되었기 때문이었다. 아이가 읽을 책 다섯 권과 아이패드를 챙겼다. 자리 배치를 내가 조정했다. 아들 옆에 할아버지가 앉게 해드렸고, 난 맞은편에 앉았다. 아직 글자를 모르는 아들이 책을 읽어달라 했다. "할아버지한테 읽어달라고 하렴." 할아버지는 손자에게 어색한 말투로 더듬더듬 책을 읽어주신다. 찰나의 시간이지만 잠깐 커피를 마시고, 나도 책을 읽었다. 찰나였다. 지루해하는 아이에게 아이패드는 비장의 카드다. 이 카드까지는 웬만하면 꺼내지 않고 카페를 나올 수 있기를 기대하고 갔으나, 그럴 수가 없었다. 나는 좀더 쉬고 싶었다. 결국 비장의 카드를 봉인 해제하여 할아버지와 손자에게 놀이 어플을 켜 주었다.

어쨌든 나 혼자 조금은 쉴 수 있는 상태까진 키운 것이다. 아이 혼자 옷을 입는다거나 혼자 놀며 보내는 시간이 늘 때, 혼자 쉬하고 응가하고 왔을 때, 영상통화를 여유롭게 할 때, 카페에서 다만 이삼십 분이라도 머물러 앉아 있게 되었을 때, 식당에서 아이가 따로 앉아서 먹을 때, 덕분에 우리는 밥이 코로 들어가지 않고 입으로 들어갈 수 있을 때. 이게 뭐라고 그리도 흐뭇한지…. 나의 잃어버린 시간이 아이들 성장에는 거름이 된다. 분명히 갈수록 나아진다. 하지만 동시에 아이는 내 손에서 조금씩 빠져나간다. '지금 그 시간을 즐겨. 지나고 나면 그 시간이 소중할 거야.' 선배들의 말이 조금씩 깨달아진다. 편해지고 나아진다. 동시에 아쉽고 애잔한 마음도 든다. 아이를 양육한다는 건, 참으로 이상하고 특별하다.

빛이 보인다

첫째가 유치원에 들어간 뒤로, 더이상 낮잠을 자지 않게 되었다. 유치원에서 낮잠 시간을 벌어준 만큼 우리의 시간이 확보되고 있다. 11시, 혹은 12시까지 우리의 진을 다 빼며 늦게까지 안 자던 아이들이 9시 30분이면 곯아떨어진다. 덕분에 아직은 어색하기 짝이 없지만 한밤중의 고요한 자유시간이 주어지고 있다.

하지만 뭘 해야 할지 모르겠다. 요즘은 책도 손에 잡히지 않는다. 그렇다고 글을 쓰고 싶은 마음이 샘솟는 것도 아니다. 그저 잠시라도 시간이 나면 예배하고 싶은 마음이 든다. 아내랑 같이 예배드렸다. 말씀을 읽고, 기도하고, 그리고 삶을 나누었다. 이 얼마만의 깊은 대화인지 모르겠다. 올해 나와 똑같이 5학년을 맡게 된 아내와의 대화는 무척이나 재밌다. 대화 중에 놀라운 사실을 서로 고백하고 깨달았다.

지난 삼 년간 우리는 여러모로 참 힘들었다. 긴 터널과도 같은 시간이었다. 끝이 보이지 않아 더더욱 희망이 없었다. 코로나로 갈 곳은 없었고, 일하시는 부모님들에겐 육아의 도움을 받을 수 없었다. 아이들은 어려서 많은 손길이 필요했고, 여러모로 예민한 아이들인지라(특히 알레르기) 더더욱 우리를 필요로 했다. 가정에서도 직장에서도 우리는 모든 것을 내려놓았다. 동료 선생님들의 평판, 시선, 주변 사람들의 기대를 모두 저버릴 수밖에 없었다. 물질은 항상 빠듯했고, 우리 젊음과 열정은 바닥을 드러내고 있었다. 정말 끝이 없을 것만 같았다.

이제는 그 긴 터널 같은 시간을 빠져나와 장막이 하나하나 걷히고 있는 것 같은 기분이다. 사람을 실컷 만날 수 있어서 좋다. 부모님은 그 힘든 일을 다 마치셨고, 이제는 편안히 사실 수 있게 되었다. 감사하게도 우리 아파트 앞 동으로 이사 오셔서 우리 아이들의 등·하원뿐만 아니라 우리의 식사도 가끔 챙겨주신다. 아이들은 할머니·할아버지를 좋아하고, 잘 따른다. 첫째는 유치원에 다니며 부쩍 성장하고, 말을 타는 아이가 되어가고 있다. 부모님의 도움으로 오래된 차를 바꿀 수 있어서 아이들과 부모님을 편하게 태우고 다닐 수 있게 되었다. 우리의 시간이 아주 조금씩 충전이 되어가고 있고, 학교에서도 조금은 기여할 수 있게 되었다.

터널 안에 갇힌 것 같던 시간도, 절묘하게 하나하나 벗겨져 나가는 빛과 같은 지금의 시간도, 결국은 우리의 인생에서 정확하고 알맞게, 그리고 아름답게 펼쳐지고 있는 것을 느낀다. 아내와 나는 감사, 그리고 또 감사 밖에는 고백할 것이 없었다.

p. s.

가장 바닥 같은 시간을 보냈던 지난 2년여의 시간. 학교 선생님들의 기다림과 참아주심 때문에 이렇게 뻔뻔한 생활을 조금씩 청산할 수 있게 되었다. 내 모든 상황을 이해해주고 기다려주신 덕분에, 그래도 올해는 나름의 위치에서 조금은 덜 뻔뻔한 삶을 살 수 있는 것 같다. 항상 감사하고, 받은 것들을 잊지 말아야겠다.

기다리는 동안

짧은 그림책, 애들 잘 때 잠깐 동영상.
머리를 아예 쉬게 만드는 짤들.
그리고 음악.

LP의 음악.
값을 지불하여 대가를 지불한다는 것은
기대를 갖게 하는 것이다.
기다림을 지불하여 듣는다는 것 또한
그렇다.

넘쳐나는 음악을 소비하지 않고
한 곡의 음악을 향유하는 것.

가사집을 보고
문장 하나하나에 반응하는 것,
이 얼마 만에 느껴보는 간절함이던가.

음질은 그리 좋진 않지만
기다림 끝에 주어지는 선물 같아서,
LP는 좋다.

부모의 쉼

육아에서 가장 힘든 것이 내 시간의 부재다. 돈도 없지만 시간은 더 없다. 돈으로 해결할 수 있는 거라면 그나마 다행인 상황일 때가 많다. 없는 시간을 살려보고자 새벽에 일어나기도 해봤고, 아이들 재우고 밤을 불태워보기도 했다. 그렇게 잠을 줄여서라도 가졌던 시간은 면역력의 결핍으로 이어져 우리의 몸과 마음을 아프게 했다.

답은 아주 찰나 같은 시간들을 잘 활용하는 데 있다. 일찍 자고 일어난 아침에 누리는 잠깐의 고요함. 난 이 시간을 묵상과 독서의 시간, 그리고 짧은 달리기로 채워보았다.

내가 좋아하는 독서의 패턴도 바뀌었다. 누구나 하나쯤은 내려놓을 수 없는 것이 있을 텐데, 나에겐 책이었다. 깊이 머물지는 못해도, 잠시 텍스트를 읽는 것만으로 내 몸에 흐르는 위로가 있었다. 어느 책에서 봤던가? 책을 읽을 때 집중하는 데만 이십 분의 시간이 걸린다고. 그렇게 따지면 나는 책을 읽을 수가 없는 사람이다. 이십 분이라는 시간이 어디 육아하는 사람에게 그리 쉽게 주어지는 시간인가? 그래서 찾아낸 독서의 장르가 '그림책'이다. 함축된 언어와 그림으로 나에게 깊은 위로와 생각거리를 던져주었다. 짧은 시간만 허락되는 나에게 그 시간을 오롯이 깊이 잠기게 해주는 것이 그림책이었다. 여운도 깊이 남는다. 내 시간이 끝나고, 다시 육아의 타임이 오더라도 그림책이 준 여운이 여전히 내 머릿속에서 맴돌면서 수많은 질문과 답을 남기고 지나간다.

또 하나의 쉼의 수단은 음악이었다. 요즘은 유튜브에서 많은 음악을 검색어 하나로 쉽게 찾아서 들을 수 있다. 그렇게 얻는 것은 쉽게 들리고, 쉽게 지나간다. 다시 말하지만 우리에겐 절대적인 시간이 부족하다. 한 곡을 들어도 우아하게 듣고 싶었다. 단 5분간 한 곡을 듣더라도 내 모든 에너지와 정신을 집중해서 듣고 싶었다. 또 하나의 배경음악이 되게 하고 싶지는 않았다. 돈을 주고 기다림을 지불하여 음악을 듣는 사는 것, 기대하는 시간을 통해 음악을 더욱 깊이 들을 수 있는 것, 바로 LP로 음악 듣기다. 비록 음질이 뛰어난 건 아니지만, 적당한 턴테이블을 생일선물로 받았다. LP를 사고, 지불한 만큼 기대하며 풍성하게 누릴 수 있다. 음질 차이는 잘 못 느낀다. 그저 음악에 대한 내 마음 상태가 달라졌을 뿐인데, 선율이 귀에서 귀로 빠져나가지 않고 내 가슴으로 내려오기 시작한다.

시 읽기, 릴스 보기, 드라마 보기 등과 같은 수단도 있다. 이런 건 찔끔찔끔 주어지는 시간 때문에 생겨난 취미다. 하지만 이전에 시간이 넘쳐났을 때 누리던 어떤 단맛보다, 아주 잠시 주어지는 단맛이 나에겐 훨씬 더 풍성하게 느껴진다. 결핍은 오히려 더 큰 풍성함을 가져다준다는 역설적인 삶의 지혜를 깨닫는 시간들이다.

추억적금

나는 여행을 그리 좋아하는 편이 아니다. 하지만 아이들이 크면서 여행은 선택이 아니라 필수가 되어가고 있다. 특히 주말이나 방학 땐 결코 집에만 머물 수 없는 게 우리 가족의 상황이다.

여행을 위해선 차가 필수적이다. 다행스럽게도 새 차가 생겼다. 차를 고를 때도 선택의 폭은 매우 좁았다. 아이들을 태우고 우리의 부모님들도 가끔 모시고 다니려면 최소 7인승 이상의 차가 필요했다. 이전엔 선택지가 단 하나였다면, 요즘엔 선택지가 몇 개 정도는 된다. 그렇게 위아래 세대를, 그리고 우리(나와 아내)를 다 신경 써서 고른 차가 준비되었다. 새 차는 운전하는 내 마음까지 새롭게 한다.

여행을 위해 필요한 또 하나의 필수 아이템은 캐리어다. 일박만 해도 우리의 짐은 상상 이상이다. 모자란 공간에 대한 대안은 우리가 양보할 몫이 된다. 결국 우리 부부의 옷이나 물건들이 선택을 받지 못하게 된다. 보통은 캐리어 두 개 정도가 적당한데,

그것은 이동의 편리함, 차에 실을 수 있는 공간의 적절성, 그리고 우리의 삶을 여행지에 옮겨놓을 수 있는 최소한 준비성의 접점과도 같은 것이다.

아이들과의 여행은 가성비 면에선 정말 꽝이다. 가정마다 차이는 있겠지만, 우리는 그 흔한 카페 투어조차 하지 못한다. 아이들을 위한 공간과 장소들 위주로 찾아다니다 보니 우리를 위한 시간은 거의 없었다. 숙소에 들어가서도 밥 해서 먹이고 씻기고 재우다 보면 시간이 그냥 지나간다. 여행을 온 게 아니라, 다른 장소에서 육아를 하러 온 셈이다.

하지만 이 모든 고생에도 불구하고, 여행은 무언가를 꼭 남긴다. "아빠 예전에 제주도에 갔을 때, 우리 그거 봤잖아." 아이들의 기억 속에 이 모든 시간들은 추억으로 저장된다. 그것이 가끔 아이들의 입에서 툭 튀어나올 때면 우리의 노고가 전혀 수고스럽게 생각되지 않는다. 아이들과 공유할 수 있는 그 무엇이 많을수록 관계는 더욱 깊어지기 마련이다. 공유할 추억이 많다는 것은 우리 삶을 지탱하는 힘이다.

딸 셋의 막내이자 미혼이신 옆 반 선생님이 말했다. "전 겨울방학엔 해외로 여행 가요. 돈은 부모님이 다 내주셔요."

내가 다녔던 모든 여행 역시 누군가의 돈과 시간으로 채워졌던 것이다. 누군가의 희생이 없었더라면, 내 삶 속에 나를 지탱하고 있는 그 모든 추억은 희미하고 약했을 것이다. 내가 깨달은 이 감사를 언젠가 우리 아이들도 느낄 수 있을 것이라 확신한다.

p. s.

이 글을 쓰고 있는 토요일 아침. 오늘도 아이들 데리고 어디를 갈지 고민에 고민을 거듭하고 있다. (사실 주말의 일정이 아직도 정해지지 않았다는 건, 뚜렷한 계획이 없다는 것이다. 절망적인 상황인 셈.)

참 행복했던 일주일이라는 시간이 지나갔다. 이번 여행이 우리에게 가져다준 선물 몇 가지를 기록해본다.

1. 일상의 공유

특별한 시간을 함께 공유하는 것은 일상의 공유를 위한 소중한 밑거름이 된다. 가족은 매 순간을 함께 공유하는 존재들이다. 그러다 보니 때론 지루하고, 때론 지겨울 때가 생긴다. 우리의 관계에서 신선한 바람을 불어 넣어준 시간들이었다. 첫째 아이에게 많은 에너지를 쓰느라 둘째 아이의 존재를 깊이 들여다볼 시간이 없었는데 둘째를 더 깊이 알게 된 시간이었다. 둘째는 여전히 사랑스럽고, 찐웃음을 유발하는 웃음 유발자다.

2. 성장

부모로서, 남편으로서 내 모습을 조금은 객관적으로 볼 수 있었다. 많은 것들이 내 마음속을 지나갔지만, '기다림'이라는 단어가 깊이 심어졌다. 첫째 아이는 영상을 끊게 되었다. 대견하다. 영상은 아이의 삶 전체를 지배하고 있었다. 이대론 안 되겠다 싶었다. 아내와 함께 나눈 대화를 첫째가 듣고는, 자기 스스로 영상을 안 보겠다고 다짐했다. 핸드폰 없는 삶이 우리도 어색한데, 늘 영상에 노출되었던 첫째가 스스로 참아가고 있는 모습이 대견하다. 이전보다 더 많이 읽고, 더 많이 놀게 되었다.

둘째는 제주도로 떠나는 비행기에서 자지러질듯 울었다. 비행기가 떠내려갈듯 울었다. 그렇게 많은 사람들에게 노출돼본 적이 없었기에 비행기 안에 앉아 있는 것조차 힘들어했다. 하지만 일주일의 여행 동안 더 많은 것을 보고 즐겼고, 오빠의 욕심에 크게 반응하지 않고 양보하는 넉넉함도 배워나갔다. 돌아오는 비행기 안에서는 울지 않았다. 둘째도 참 대견하다.

3. 만남

두 아이를 키우는 우리는 아침에 눈을 뜨면 밤에 눈 감을 때까지 잠시의 여유도 없었다. 아이들과 함께 세 끼 밥 먹는 것, 놀아주는 것, 씻기고 입히는 것. 오롯이 이것만 해도 하루라는 시간이 꽉 채워진다. 정말 다행인 것은, 우리가 자주 만났던 육아 동지 가족이 자녀가 하나라는 점이었다. 어른 넷이 아이 셋을 보는 것. 그래도 한손이라도 남는다는 점이 큰 위로였다. 고마운 그 부부 덕분에, 우리도 휴가라면 휴가라는 시간을 보내고 왔으니 참 귀한 만남이다.

제주도 여행 중, 숙소 마당에서 아침을 맞이하는데, 그곳의 이웃들과 잠시 만나볼 기회가 있었다. 마음의 여유로움이 경제적인 여유로움에서 비롯되는 것인지는 모르겠지만, 그분들 마음이 굉장히 넉넉하다고 느껴졌다. 나도 주택에 살고 싶어졌다. 그것도 제주도에 내려와 살고 싶어졌다. 이런 이웃들과 삶을 나누고 싶었고, 그들의 스토리를 듣고 싶었다. 그분들과 같이 책 읽고, 내가 좋아하는 그림책을 나누고 싶은 마음까지 들었다.

몇 년 전 방문했던 책방도 다시 가보고 싶었다. 아이들과 함께한 여정이라, 방문하기 어려울 거라는 생각이 들었다. 하지만 마음속으로 정말 그리워하던 곳이었다. 나만 그런 줄 알았는데, 책방 대표님께서 제주도 일정을 기록한 내 SNS를 보시고, 차 마시며 이야기 나누자고 먼저 손을 내밀어주셨다. 나에게만 있는 그리움이 아니라, 상대에게도 그것이 공유되고 있다는 점에 큰 울림이 있었다. 그 초대가 만남으로 이어지지는 못했지만, 나를 환대해주는 것만 같아서 제주도가 더욱 좋아졌다. 곧 부모님과 다시 방문할 일이 있을 듯하다. 그때는 이 인연들의 초대에 꼭 응해볼 예정이다.

다시 일상으로 돌아왔다. 아이들은 다시 어린이집으로 향했고, 나와 아내는 다시 방학을 맞이했다. 이번 여행이 준 의미가 진하게 우리 삶에 묻어 있는 듯하다. 진한 여행의 향기를 머금고, 아내에게 자녀들에게 그리고 또 만날 귀한 인연들에게 그 향기를 뿜어내는 일상을 살아가야겠다.

잔액은 0

주변에 많은 부부가 딩크로 남겠다고 말한다. 심지어 최근에 결혼을 앞둔 커플들도 비슷한 다짐을 했다. 그 결심이 계속 이어질지, 변화가 있을지는 알 수가 없다.

젊은 부부가 딩크로 살려는 이유는 다양하다. 그중 하나는 자기 삶의 영위다. 검은 머리 짐승 한 명을 거두는 일은 실로 어마어마한 일이기에, 자기 삶의 많은 부분을 포기해야만 한다. 내 시간과 에너지뿐만 아니라, 돈도 많이 들어간다. 아이 한 명을 키워내는 데 3억원이 든다는 내용의 기사를 보았다. 더 들면 들었지, 덜 들지는 않을 것이다. 영아기부터 대학까지 교육뿐만 아니라 자립할 때까지 그 금전적 책임은 현실적으로 부모에게 있다.

아내가 육아휴직을 하는 2년간 내가 외벌이를 했다. 그 기간 동안 우리의 목표는 '추가 대출은 피하기'였다. 이미 매달 나가는 주택담보 대출이자만으로도 충분히 버거웠다. 어떻게든 나 혼자의 월급으로 2년간은 버텨보기로 했다. 위기 때마다 부모님의 도움이 있어서 우리는 그 목표를 이뤄냈다. 그때는 당연한 것처럼 생각했는데, 주변의 이야기를 들어보니 결코 당연한 게 아니었다.

보릿고개와 같은 육아휴직의 기간을 건더낸 뒤, 우리의 통장 잔액은 0이었다. 이제는 통장에 뭔가 쌓일 것이라는 막연한 기대와 함께 아내가 출근을 했다. 하지만 일 년 반이 지나가는 현 시점에서도 우리의 통장의 잔액은 여전히 0이다.

참 이상했다. 분명 아내가 복직을 했고, 수입은 1.5배가 되었는데 우리의 통장의 잔고는 0이다. 아내랑 매번 작전회의를 하지만, 마땅한 해결책은 없다. 원인 분석 정도는 가능했다. 이전의 2년간은 코로나로 우리의 활동 반경이 극히 제한되었지만, 이제는 그 제한이 풀리면서 참 많이도 다녔던 거다. 가족여행을 몇 차례 다녀왔고, 아이들 병원비도 만만치 않게 들었다. 특히 올해는 마스크가 해제되면서 참 다양한 질병을 다 겪어왔다. 아이들이 각각 한 두 번씩 입원을 했으며, 둘째는 심지어 실비도 들지 않은 상태였다. 가족 행사가 유난히 많았고, 부모님께서 아이들 등·하원을 맡아주시니 용돈도 드려야 했다.

국가가 주는 혜택은 다양하다. 하지만 실질적으로 도움이 되었느냐면 글쎄…. 현재 육아수당 중 양육수당과 영아수당이 통합되었는데. 12개월 미만의 아이는 월 20만원, 24개월 미만은 월 15만원 그리고 36개월 미만, 48개월 미만, 48개월 이상 아동은 월 10만원을 지급받을 수 있다.(2021년 기준, 2025년 변동 예정) 유치원과 어린이집을 각각 다니고 있는 우리 아이들 앞으로 각각 10만원의 지원금이 매달 내 통장으로 들어온다. 첫째와 둘째가 각각 태어났을 때마다 대출우대금리가 적용이 되었고, 교사로서는 다자녀 혜택(전보 가산점)이 있다. 아이가 태어났을 때는 전기요금 감면 혜택이 있었고, 기저귀 담으라고 쓰레기봉투 50장을 선물로 받았다.

물가는 계속 오르고, 우리의 월급은 그 물가를 따라 오르지는 못할 것이다. 아이들이 크면서 들어가는 돈의 액수도 기하급수적으로 커질 것이다. 활동성이 큰 아들은 내년부터는 사교육(태권도)을 시켜야 할지도 모른다. 크리스마스 선물의 변화만 봐도 이 예측은 틀림이 없음이 증명된다. 세 살 땐 퍼즐, 네 살 땐 자동차, 다섯 살 땐 무려 10만원이 넘는 헬로카봇이었다. 먹을 것을 좋아하는 둘째가 크리스마스 선물로 '샤인 머스캣'이라고 말해준 게 그나마 다행이었다.

대안은 없다. 우리의 씀씀이를 줄여야 하고, 추가 수입의 원천을 개척해야만 한다. 주변의 많은 이들은 이런 이유로 재테크를 시작했지만, 나에겐 그 분야가 낯설기만 하다. 그렇다면 나는 씀씀이를 대폭 줄여야 한다. 사교육비를 들이는 대신 내가 아이들과 많은 시간을 보내야 한다. 잔액이 0인 상황도, '집값 대출금 갚는 것이 적금이다'라는 생각으로 감내해야 하는 일들이다.

부디 내가 쓰는 글들이 책으로 묶여져서 그 책이 나에게 조금이라도 채움의 수단으로 발전된다면 좋겠다.

그리고… 셋째가 태어났다.

선물받은 책을 펼치며

자기 방에서 혼자 자던 딸아이가 한밤중에 내 방으로 들어왔다. 내 옆에 오더니 아빠의 존재를 확인하고 뽀뽀를 해주고 다시 자기 방으로 들어갔다. "엄마가 좋아? 아빠가 좋아?" 이 질문에 백이면 백, 엄마가 좋다고 대답하던 아들은 이제 "엄마, 아빠 다 좋아." 하거나 가끔은 "난 아빠가 좋아."라고 답해준다.

두 아이를 키우며, 아이들이 예쁘다는 생각을 할 만한 여유가 없었다. 첫째가 여섯 살, 둘째가 네 살이다. 코로나의 긴 터널이 지나가고, 우리 아파트 앞 동에 부모님이 이사 오셔서 우리의 육아 동지가 되어준 뒤로 비로소 내 마음에 작은 공간이 생겼다. 그 마음의 공간 덕에, 이제야 아이들이 한없이 예뻐 보이기 시작한다.

한 시기를 풍미했던 아이들의 장난감들이 나눠지고, 버려졌다. 이제야 집이 조금 깔끔해지나 싶었는데, 이제 셋째를 위한 육아템들이 속속 집을 채워간다. 그제야 현타가 오기 시작한다. 이 책의 시간적 배경이 되었던 그때로 돌아가야 하는 것이다. 방바닥을 무릎으로 쓸고 다녔던 바로 그때 말이다.

셋째의 존재를 확인한 그날. 아내와 나는 밤새 고민했고, 고민은 작전회의 시간으로 흘러갔다. 현실적인 대안을 찾고, 서로를 다독였다. 동생의 존재를 알게 된 첫째와 둘째는 퇴행(손가락 빨기, 엄마한테 집착하기, 자주 울기와 같은)을 경험했다. 나와 아내는 신생아를 키워낼 만한 경험과 감이 완전히 떨어진 상태다. 하지만 아이가 엄마의 배 속에서 자라는 동안, 우리 넷도 함께 자랐다. 첫째는 형으로서, 둘째는 누나로서, 나는 아빠로서, 아내는 엄마로서의 삶을 준비하기 시작했다.

어느새 부쩍 자란 첫째와 둘째의 모습을 보며, 두려움은 기대감으로 바뀌기 시작했다. 셋을 키우다 보면 한 아이에 대한 관심은 부쩍 줄게 될 것이다. 하지만 그 결핍과 부족함이 오히려 아이를 강하게 만들고 성장하게 한다는 사실을 나는 숱하게 경험했다. 한 아이에게 오롯이 쏟았던 지난들의 내 사랑을 이제는 아이 셋에게 나누어 주려 한다. 그리고 나에게 있어 가장 소중한 존재인 아내에게도, 우리의 육아 동지가 되기를 자청하신 부모님에게도, 그리고 아이 둘을 키워내느라 고생한 나에게도 그 마음을 조금은 나눠야겠다는 다짐을 해본다.

이 책의 현실을 지금 살아내고 계시는 분들에게 드리는 작은 희망은 그래도 그 시간은 지나간다는 사실이다. 아이들이 커가면서 우리의 노력과 땀은 아이의 성장이라는 열매로 분명하게 드러난다. 심지어 그 시간은 찰나와도 같다. 나중이 되어서야 그 소중함도 알게 된다.

조금만 더 힘을 내세요.

충분히 잘하고 계세요.

아이는 당신으로 인해 행복하게 자라고 있습니다.

우리 함께 힘을 내보아요.